Ein Diebstahl

Saul Bellow

Ein Diebstahl

Novelle

Aus dem Amerikanischen von
Willi Winkler

Kiepenheuer & Witsch

Titel der Originalausgabe *A Theft*

Aus dem Amerikanischen von Willi Winkler

Umschlag Kalle Giese, Overath
Satz Compusatz, München
Druck und Bindearbeiten
Freiburger Graphische Betriebe, Freiburg
ISBN 3 462 02096 X

Für meinen Sohn, Daniel O. Bellow

Clara Velde hatte, um mit dem anzufangen, was an ihr am meisten auffiel, kurzes blondes Haar, modisch geschnitten, auf einem ungewöhnlich großen Kopf. Bei jemand mit trägem Charakter hätte ein derart großer Kopf wie eine Deformation wirken können, bei Clara, die über soviel persönliche Kraft verfügte, wirkte er ausgesprochen stattlich. Sie brauchte diesen Schädel; ein Kopf wie der ihre verlangte nach Platz. Sie war großknochig; ihre Schultern waren nicht breit, sondern hoch. Ihre ungewöhnlich großen blauen Augen traten aus den Höhlen, wenn sie grübelte. Die Nase war klein – eine ererbte Nordsee-Nase. Der Mund war wohlgeformt, zog sich aber sehr weit auseinander, wenn sie lächelte, wenn sie weinte. Ihre Stirn war mächtig. Als sie die Schwelle der mittleren Jahre erreichte, vertieften sich die Linien ihres naiven Charmes; sie würden jetzt bleiben. Eigentlich war alles an ihr auffällig, nicht bloß die Größe und Form ihres Kopfes. Sie mußte schon vor langer Zeit beschlossen haben, daß es für ihresgleichen keinerlei Verstecken gab; ihre Energie war nicht durch Verkleidungen abzulenken. Da war sie also, eine grobknochige amerikanische Frau. Sie hatte sehr schöne Beine – wer weiß, was man zu sehen bekommen hätte, wenn die Pionierfrauen kürzere Röcke getragen hätten. Sie kaufte ihre Kleider in den besten Läden und kannte sich mit Kosmetika aus, gleichwohl wirkte sie noch immer etwas wie eine Landpomeranze. Sie kam aus der tiefsten Provinz, das war keine Frage. Ihre Familie? Farmer und Kleinstadt-Geschäftsleute in Indiana und Illinois, sehr religiös.

Clara war mit der Bibel aufgewachsen: Gebete beim Frühstück, bei jeder Mahlzeit, Psalmen auswendig gelernt, die Evangelien nach Kapitel und Vers – traditionelle Frömmigkeit. Ihrem Vater gehörten kleine Kaufhäuser im Süden Indianas. Die Kinder wurden auf gute Schulen geschickt. Clara hatte Altgriechisch in Bloomington und elisabethanisch-jakobinische Literatur in Wellesley studiert. Eine unglückliche Liebesgeschichte in Cambridge führte zu einem Selbstmordversuch. Die Familie beschloß, sie nicht wieder nach Indiana zurückzuholen. Als sie damit drohte, noch mehr Schlaftabletten zu nehmen, erlaubte man ihr, die Columbia University zu besuchen, und sie lebte in New York unter scharfer Überwachung – eine Maßnahme, die ihre Eltern organisiert hatten. Sie jedoch fand Mittel und Wege, genau das zu tun, was ihr Spaß machte. Sie hatte Angst vor der Hölle, aber sie tat es trotzdem.

Nach einem Jahr an der Columbia arbeitete sie bei Reuters, dann unterrichtete sie an einer Privatschule und schrieb schließlich Features über amerikanische Themen für englische und australische Zeitungen. Mit vierzig besaß sie eine eigene Firma – eine journalistische Agentur, die sich auf exklusive Damenmode spezialisierte – und verkaufte schließlich diese Firma an eine internationale Verlagsgesellschaft und wurde dort Vorstandsmitglied. Im Aufsichtsrat war sie für die einen »eine erfolgreiche Managerin«, für die anderen »die Zarin des Modejournalismus«. Inzwischen war sie auch die besorgte Mutter von drei kleinen Mädchen geworden. Das erste davon war mit einiger Schwierigkeit empfangen worden (professionelle Hilfe von Gynäkologen hatte es möglich gemacht). Der Vater dieser Kinder war Claras vierter Ehemann.

Drei von den vieren waren nicht mehr als das gewesen – Männer, die in die Kategorie Ehemann fielen. Nur einer, der dritte, war halbwegs das Wahre gewesen. Das war Spontini der Ölmagnat, ein enger Freund des linksradikalen Milliardärs und Terroristen Giangiacomo F., der sich in den Siebzigern in die Luft gejagt hatte. (Erwartungsgemäß behaupteten ein paar Italiener, die Regierung habe die Finger im Spiel gehabt.) Mike Spontini war unpolitisch, aber schließlich kam er auch nicht wie Giangiacomo, dessen Vorbild Fidel Castro war, aus reichem Hause. Spontini erwarb sich sein Vermögen selber. Mit seinem Aussehen, seinen Stadthäusern und Châteaus und Jachten hätte er eine Rolle in »La Dolce Vita« übernehmen können. Hunderte von Frauen waren hinter ihm her. Clara gewann den Kampf um einen Ehemann, verlor aber, da sie ihn nicht halten konnte. Als sie schließlich merkte, daß er sie loswerden wollte, widersetzte sie sich diesem schwierigen, launenhaften Mann nicht und verzichtete im Scheidungsvertrag – eigentlich ein Nicht-Vertrag – auf alle Besitzansprüche. Bis zum letzten Armband nahm er all die unglaublichen Geschenke mit, die er ihr gemacht hatte. Kaum war die Scheidung ausgesprochen, wurde Mike durch zwei Schlaganfälle niedergemäht. Jetzt war er halb gelähmt und konnte nur noch lallen. Eine Art italienische Florence Nightingale kümmerte sich in Venedig um ihn, und Clara fuhr gelegentlich hin, um ihn zu besuchen. Ihr Ex-Mann blickte sie kurz wütend an, knurrte wie ein Tier, und dann gab er sich wieder das Aussehen eines Schwachsinnigen. Lieber wollte er ein Idiot am Canal Grande sein als ein Ehemann an der Fifth Avenue.

Die andere Ehemänner – einen hatte sie in Weiß in der Kirche geheiratet, die anderen normal auf dem Standesamt – waren... um die Wahrheit zu sagen, sie waren Ehemann-Darsteller. Velde war groß und gutaussehend, träge und von trotziger Unfähigkeit. Im Durchschnitt blieb er nie länger als sechs Monate an einer Arbeitsstelle. Dann hätte ihn jeder einzelne in der Firma am liebsten umgebracht.

Daß er mal arbeitete und mal nicht, entschuldigte er damit, daß seine eigentliche Begabung in der Wahlkampfplanung lag. Wahlen ließen ihn zur Hochform auflaufen: Er gewann die Aufmerksamkeit der Medien für seinen Kandidaten, der nie auch nur die Vorwahlen schaffte. Aber Velde war ohnehin nicht gern von zu Hause fort, und ein Wahlkampf ist ein Wanderzirkus. »Wirklich nett«, lautete eines von Claras Resümees für Laura Wong, die chinesisch-amerikanische Modedesignerin, die ihre Vertraute war. »Ein liebevoller Vater, jedenfalls solange die Kinder nichts von ihm wollen. Wilder verbringt seine Zeit zum größten Teil damit, herumzusitzen und Paperbacks zu lesen – Thriller, Science-fiction und Biographien. Ich glaube, er meint, daß schon alles irgendwie gehen wird, solange er da auf seinen Polsterkissen sitzt. Für ihn ist Trägheit gleich Stabilität. In der Zwischenzeit führe ich das Haus ganz allein – Hypotheken, Instandhaltung, Zugehfrauen, Au-pair-Mädchen aus Frankreich oder Skandinavien, die letzte aus Österreich. Ich denke mir Programme für die Kinder aus, kümmere mich um die Schule, den Zahnarzt und den Kinderarzt, außerdem um Spielkameraden, Ausflüge, psychologische Tests, Puppenkleider, um Ausschneiden und Kleben von Valentins-Karten. Was noch...? Gehe auf ihre geheimen Kümmernisse ein, schlichte ihre Streitigkeiten, fördere ihr Denken, trockne die Tränen. Liebe sie. Wilder liest weiter seine P.D. James oder was es ist, bis ich drauf und dran bin, ihm das Buch zu entreißen und es auf die Straße zu feuern.«

An einem Sonntagnachmittag tat sie genau das – riß

erst das Fenster auf und ließ dann das Paperback auf die Park Avenue hinuntersegeln.

»War er überrascht?« fragte Miss Wong.

»Nicht besonders. Er weiß ja, wie provozierend sein Verhalten ist. Nur gibt er nicht zu, daß ich allen Grund habe, mich provoziert zu fühlen. Er ist *doch da*, nicht wahr? Was will ich denn noch? In dem ganzen Durcheinander ist er der ruhende Pol. Und er ist die Antwort auf das ganze Elend und die wilden Jahre, die ich im Liebeskampf erlebt habe und über die er genau Bescheid weiß. Eine attraktive Frau, die nicht wußte, wohin mit ihren Gefühlen, und die klugen Männern gefiel, die ihr nicht gaben, was sie haben wollte.«

»Und er *kann* das?«

»Er ist der anmaßende Gebieter, und zwar nur wegen seiner sexuellen Leistungskraft. Es ist seine Hengstkraft, die ihn so selbstsicher macht. Er ist nicht der Typ für große Planungen. Darum muß *ich* mich kümmern. Eine attraktive Frau, die sich möglicherweise über die Befriedigungen eines kopfbestimmten Lebens täuscht. Aber den Ausschlag gibt, jedenfalls, so wie er sich das denkt, maskuline Masse. So wie er es andeutungsweise darlegt, habe ich seiner Meinung nach meine Zeit mit Jaguars vergeudet, die nicht starteten. Ein Glück für mich, daß ich auf einen echten Rolls-Royce gestoßen bin. Aber er hat den falschen Wagen«, sagte sie und durchquerte dabei die Küche in gezielter Eile, um den Kessel vom Herd zu nehmen. Ihr Schritt war ausgreifend, ihre schwerfälligen, wohlgeformten Beine gingen zu schnell, als daß die Absätze hätten Schritt halten können. »Vermutlich wäre ein Lincoln Continental angemessener. Jedenfalls will keine Frau, daß ihr Schlafzimmer zur Garage wird, und schon gar nicht für ein langweiliges Auto.«

Was dachte sich eine kultivierte Dame wie Laura Wong bei derlei Vertraulichkeiten? Die hohe chinesische Wange mit dem darin eingebetteten chinesischen Auge, die kleine Spur von Schwere in der Lidfalte, die über dem Schwarz des Auges nur um so weißer wirkte, und die Helligkeit dieses Auges, das so fremd aussah und gleichzeitig von tief vertrauter Vernünftigkeit war... Was hätte menschlicher sein können, als das wiederzuerkennen? Und doch war Laura Wong in ihrem grundsätzlichen Verständnis der Dinge eindeutig New Yorkerin. Sie vertraute sich Clara nicht im gleichen Maße an, wie das Clara umgekehrt tat, aber wer tat das schließlich, wer *konnte* sich alles so vom Herzen reden? Was Ms. Wongs tiefe Augen andeuteten, versuchte Clara in all ihrer Unbeholfenheit tatsächlich zu sagen. Zu tun.

»Ja, die Bücher«, sagte Laura. »Das ist nicht zu übersehen.« Sie hatte Wilder Velde auch einmal beobachtet, wie er auf seinem Exercycle strampelte und gleichzeitig den Fernseher auf voller Lautstärke laufen ließ.

»Er begreift gar nicht, daß etwas nicht stimmt, weil es so aussieht, als würde ich genug für uns verdienen.

Aber *so viel* verdiene ich nun auch wieder nicht, wenn man drei Kinder auf der Privatschule hat. Also muß das Familienerbe angegriffen werden. Das trifft dann meine alten Eltern – nette alte bibelfeste Leute aus Indiana. Ich kann ihm nicht begreiflich machen, daß ich mir einen arbeitslosen Ehemann nicht leisten kann; und in ganz New York gibt es keinen Stellenvermittler mehr, der sich mit Wilder verabreden würde, nachdem er einen Blick auf seinen Lebenslauf und die Liste seiner Jobs geworfen hat. Drei Monate hier, fünf Monate da. Weil es mich aufregt und nur um *meinetwillen*, versuchen meine Chefs, ihn irgendwo unterzubringen. So wichtig bin ich der Firma. Vielleicht sollte er sich selber um ein Mandat bewerben, wenn er Wahlkämpfe so sehr liebt. Er sieht tatsächlich wie ein Kongreßabgeordneter aus, und was kümmert's mich, wenn er im Repräsentantenhaus Murks baut. Ich habe Kongreßabgeordnete gekannt, ich war sogar mit einem verheiratet, und Wilder ist nicht dümmer als sie. Aber er würde nie zugeben, daß etwas nicht stimmt; er hat solches Selbstvertrauen – das ist so groß, daß er sogar freundliches Interesse an den Männern hat, mit denen ich früher zusammen war. Sie sind wie durchgefallene Mitbewerber neben dem Kerl, der die Silbertrophäe gewonnen hat. Er ist stolz auf seine Bekanntschaft mit den Berühmten, und als ich nach Venedig flog, um den armen Mike zu besuchen, ist er mitgekommen.«

»Er ist also nicht eifersüchtig«, sagte Laura Wong.

»Im Gegenteil. Die Männer, mit denen ich einmal intim war, sind für ihn wie die Figuren in einem Geschichtsbuch. Und angenommen, Richard III. oder Metternich hätte sich im Unterhöschen *deiner Frau* zu schaffen gemacht, als sie noch ein junges Mädchen war? Wilder ist ein *name-dropper*, und am liebsten erwähnt er die Namen, die ihm durch die Heirat mit mir geläufig sind. Besonders die aus den Schlagzeilen...«

Laura Wong wußte natürlich genau, daß sie nicht das Recht hatte, den wichtigsten Namen zu erwähnen, jenen Namen, der durch alle Bekenntnisse Claras spukte. Den mußte Clara selber ins Gespräch bringen. Ob es paßte, ob sie die Kraft hatte, sich mit ihrem Dauerthema zu beschäftigen, ob sie Laura bitten würde, es ein weiteres Mal mit ihr durchzustehen... das waren Möglichkeiten, bei denen man es ihr überlassen mußte, sie taktvoll zu handhaben.

»...die er manchmal auf Band aufnimmt, wenn sie von CBS oder bei MacNeil/Lehrer interviewt werden. Teddy Regler am meisten.«

Ja, da war der Name. Mike Spontini war wichtig, aber im Grunde gehörte auch er in die Kategorie Ehemann. Ithiel Regler genoß bei Clara ein weit höheres Ansehen als irgendeiner ihrer Ehemänner. »Auf einer Zehnerskala«, pflegte sie zu Laura zu sagen, »war er wirklich zehn.«

»*Ist* er zehn?« hatte Laura eingeworfen.

»Ich verhielte mich nicht bloß irrational, sondern wäre vollkommen durchgeknallt, wenn ich Teddy

im Präsens Aktiv führen würde«, hatte Clara gesagt. Das war eine verkleidete Selbstverleugnung. Wilder Velde wurde weiterhin nach einem Standard beurteilt, für den Ithiel Regler unverzichtbar blieb. Es hätte nicht viel Sinn, nie von Irrationalität und Leichtsinn zu sprechen. Clara würde niemals sicher oder umsichtig sein, und sie hätte nie auch nur davon geträumt, sich Ithiels Einfluß auszutreiben – nicht einmal der Engel Gottes hatte ihr das angeboten. Sie hätte einfach gesagt: Dann könntest du mir gleich meinen Tastsinn nehmen und den eines andern einpflanzen. Und damit hätte sich die Sache.
Velde bewies also, wenn er Ithiels Auftritte für sie aufnahm, wie unangreifbar er in seiner Position als letzter Ehemann war, derjenige, der nach dem Lauf der Dinge nicht mehr übertroffen werden konnte. »Und ich bin froh, daß der Mann so denkt«, sagte Clara. »Das ist für uns alle am besten. Er kann sich nicht vorstellen, daß ich untreu sein könnte. *Das* muß man einfach bewundern. Hier ist also das Paar mit dem doppelten Geheimnis. Wer ist der geheimnisvollere? Wilder hat wirklich Freude daran, wenn sich Ithiel im Fernsehen so kundig und klug aus Washington meldet. Und inzwischen, Laura, mache ich mir wegen Untreue keine sündigen Gedanken mehr. Ich denke nicht mal über solche Dinge nach, sie haben keinen Platz in meinem Bewußtsein. Wilder und ich haben ein Sexleben, an dem kein Eheberater der Welt etwas auszusetzen fände. Wir haben drei Kinder, und ich bin eine liebevolle Mutter, ich

erziehe sie gewissenhaft. Doch wenn Ithiel in die Stadt kommt und ich ihn zum Lunch treffe, zerfließe ich für ihn. Früher brachte er mich zum Kommen, wenn er mir über die Wange strich. Es kann passieren, wenn er mit mir spricht. Oder sogar, wenn ich ihn im Fernsehen sehe oder einfach nur seine Stimme höre. *Er* weiß nichts davon – ich glaube es jedenfalls nicht –, und außerdem würde Ithiel keinem ein Leid zufügen wollen, nicht einbrechen, beherrschen oder jemanden ausnützen – das ist nicht seine Art. Wir haben diese totale, herrliche Verbindung, die gleichzeitig ein Desaster ist. Aber selbst für eine Frau, die mit der Bibel aufgezogen wurde, was hier und heute in New York City ein sehr fernliegender Einfluß ist, kann man meine Bindung doch nicht Sünde nennen, die nach dem Tod eine Bestrafung verlangte. Nicht die sexuellen Verfehlungen werden einen zu Fall bringen, denn niemand kann heute noch eine Grenze ziehen, zwischen natürlichem und unnatürlichem Sex. Jedenfalls wäre es nicht die Hysterie, wenn eine Frau in die Hölle käme. Es müßte schon etwas anderes sein...«

»Was denn?« fragte Laura. Doch Clara schwieg, und Laura überlegte, ob man sich mit der Frage, was Clara unter einer Todsünde verstand, nicht besser an Teddy Regler wandte. Er kannte Clara so gut, kannte sie seit so vielen Jahren, daß er vielleicht erklären konnte, was sie meinte.

Dieses österreichische Au-pair-Mädchen, Miss Wegmann – Clara machte sich die Freude, sie zu taxieren. Sie ging die Liste durch: für ein Vorstellungsgespräch angemessen gekleidet, die Haare frisch gewaschen, keine langen Fingernägel, kein auffälliger Nagellack. Clara selber hatte sich mit einem Kostüm mit Schildpattmotiv und einer weißen Bluse mit Rüsche unter dem Kinn als Matrone in Maßkleidung zurechtgemacht. Seit ihrer Zeit als Lehrerin konnte sie wie ein weiblicher Kapo Fragen stellen (»Und jetzt, Willie, schlägst du *In Catilinam* auf und sagst mir, in welchem Tempus Cicero im ersten Satz *abutere* gebraucht«): Das war der Schutzschild einer Zuchtmeisterin, hinter dem sich ein zartes Gemüt verbarg. Dieses österreichische Gör machte einen angenehmen Eindruck. Der Vater war Bankdirektor in Wien, und das Kind war wohlerzogen, höflich und nett. Man mußte sich von dem Gedanken verabschieden, daß Wien eine Brutstätte von Psychopathen und kleinen Hitlers war. Lieber an die anrührende Schönheit denken, die zusammen mit dem Kronprinzen Selbstmord beging. Dieses Kind, das eine italienische Mutter hatte, hieß Gina. Sie sprach fließend Englisch und machte einem wahrscheinlich nichts vor, wenn sie behauptete, die Verantwortung für drei kleine Mädchen übernehmen zu können. Sie bastelte an keinem Geheimplan, um alle hereinzulegen, sie war nicht von vornherein voller Abneigung gegenüber aufsässigen, trotzigen und stumm widerborstigen Kindern wie Claras Ältester, Lucy, einem untersetzten kleinen Mädchen, das Hilfe brauchte. Eine insgeheim bösartige junge Frau konnte bei einem Kind wie Lucy einen nicht wieder gutzumachenden Schaden anrichten, ihr Wunden beibringen, die nie wieder heilen würden. Die beiden mageren kleinen Mädchen lachten ihre Schwester aus. Sie machten sich vor Kichern schier naß, während sich Lucy wie ein römischer Soldat aufrecht hielt. Ihr Gesicht glühte vor Langeweile und Kümmernissen.

Die junge Dame aus dem Ausland verhielt sich vollkommen richtig, gab die korrekten Antworten – warum nicht?, da die Fragen sie doch eindeutig nahelegten. Clara merkte, wie fern von den heutigen »nackten Tatsachen« und der gegenwärtigen Geschichte ihre »verantwortungsvollen« Grundsätze waren – sie gingen zurück auf ihre Erziehung zwischen Kirche und Republikanischer Partei in einer Kleinstadt, die Wer-den-Nickel-nicht-ehrt-Disziplin ihrer Mutter, die einem das Taschengeld wie ein Straßenbahnschaffner aus der umgehängten Wechselkasse klickte. Das Leben in dieser Stadt in Indiana war längst so historisch wie das alte Ägypten. Die »anständigen Leute« dort waren Hinterwäldler, denen Fernsehprediger das große Geld aus der Tasche zogen, um damit ihre extralangen Karossen und ihre *Miami-Vice*-Laster zu finanzieren. Das war Claras groteske liebe Familie, durch die sie sich in ihrer Kindheit erdrückt gefühlt hatte und für die sie jetzt grenzenlose Liebe empfand. In Lucy sah sie ihre

Leute zu Hause, grobknochig, stur, stumm – sie sah sich selber. Aus solchen Anfängen konnte viel werden. Aber wie sollte man ein Kind wie sie betreuen, was konnte man für sie in New York City tun?
»Schön – ist es Ihnen recht, wenn ich Sie Gina nenne?–, Gina, warum sind Sie nach New York gekommen?«
»Um mein Englisch zu verbessern. Ich habe mich an der Columbia für einen Musikkurs eingeschrieben. Und um etwas über die USA zu erfahren.«
Ein wohlerzogenes und verletzbares junges Mädchen aus Europa wäre besser beraten gewesen, nach Bemidji in Minnesota zu gehen. Hatte sie eine Vorstellung davon, welchen explosiven Gefahren junge Mädchen hier ausgesetzt waren? Man konnte sie von innen her hochgehen lassen. Als sie jung war (und nicht nur da), hatte sich Clara leichtsinnige Experimente geleistet – all diese leichtsinnigen Beziehungen; alles mögliche hätte passieren können; viel war auch passiert; und alles nur, weil es möglichst riskant zugehen sollte. Das ließ sie Miss Wegmann erneut mustern, überlegen, was einem Gesicht wie dem ihren angetan werden konnte, ihrem Haar, ihrer Figur, der Büste – diesem Schatz aus Tausendundeiner Nacht, auf dem heiratsfähige Mädchen (bis zu einem gewissen Punkt noch unschuldig) saßen. So viele gefährliche Attraktionen – und soviel Unwissenheit! Naturgemäß fühlte Clara, daß sie selber (bis zu einem gewissen Punkt) alles Erdenkliche täte, um eine junge Frau in ihrem Haushalt zu beschützen,

und alles Erdenkliche hieß, alle Möglichkeiten auszuschöpfen, die einer erfahrenen Person zu Gebote standen. Gleichzeitig war Clara fest davon überzeugt, daß eine *un*erfahrene Frau in reiferem Alter nicht ernst genommen werden konnte. Hatte es sich Mrs. Wegmann drüben in Wien, die Mutter, wirklich genau überlegt, als sie dieser Gina erlaubt hatte, ein Jahr in der Stadt von Gog und Magog zu verbringen? Die andere Möglichkeit war, daß eine rebellische Gina es auf eigene Rechnung riskierte. Damit es wiederum möglichst riskant zuging.
Clara, die die ältere verheiratete Frau, die Hausherrin spielte, nickte zustimmend bei ihren eigenen Gedanken, und dieses Nicken wurde von dem Mädchen möglicherweise als das Okay interpretiert, daß sie so gut wie eingestellt war. Sie würde in dieser riesigen Park-Avenue-Eigentumswohnung ein eigenes nettes Zimmer bekommen, eine anständige Bezahlung, das schöne Haus, zwei freie Abende, zwei freie Nachmittage für ihre Kurse in Musikgeschichte, einen Teil des Vormittags, wenn die Kinder in der Schule waren. Österreichische Bekannte, geeignete junge Leute, sollten gern zu Besuch kommen, sowie amerikanische Freunde, die Clara gründlich überprüft hatte. Wenn man sich vorher verabredete, konnte Gina auch eine kleine Party geben. Man kann demokratisch sein und trotzdem diszipliniert.
In den ersten Monaten hatte Clara ein scharfes Auge auf ihr neues Au pair, und dann konnte sie Freunden beim Lunch, Kollegen im Büro und sogar Dr. Glad-

stone, ihrem Psychiater, erzählen, wie glücklich sie war, daß sie diese Miss Wegmann aus Wien mit den wundervollen Manieren gefunden hatte. Was für ein erstrebenswertes Vorbild sie war und was für ein beruhigender Einfluß auf die übermäßig reizbaren Kleinen. »Wie Sie gesagt haben, Doktor, sie lösen bei sich gegenseitig den Hang zur Hysterie aus.«
Von diesen Ärzten erwartete man keine Antworten. Man bezahlte sie dafür, daß sie einem zuhörten. Clara erzählte Ithiel Regler genauso viel. Sie hatte den engen Kontakt mit ihm aufrechterhalten – häufige Anrufe, manchmal Briefe, und wenn Ithiel von Washington heraufkam, tranken sie etwas zusammen und aßen sogar manchmal miteinander zu Abend.
»Wenn du glaubst, daß dir dieser Gladstone wirklich hilft... Ich nehme an, daß einige von ihnen in Ordnung sein *können*«, sagte Ithiel mit neutraler Stimme. Er mischte sich nicht auf banale Weise ein. Nie versuchte er einem etwas vorzuschreiben; in Familiendingen gab er keine Ratschläge.
»Hauptsächlich, um mir etwas von der Seele zu reden«, sagte Clara. »Wenn du und ich Mann und Frau geworden wären, dann wäre das nicht nötig gewesen, und ich nicht so überfordert. Dennoch haben wir bis heute die Verbindung nicht abreißen lassen. Übrigens bist du ja selber eine Zeitlang zum Psych gegangen.«
»Bin ich auch. Doch mein Arzt hatte noch mehr Schwachpunkte als ich selber.«

»Kommt es darauf an?«
»Wahrscheinlich nicht. Aber eines Tages konnte er mir doch tatsächlich nicht erklären, wie man Teddy Regler war. Und nichts würde klappen, wenn ich nicht Teddy Regler wäre. Nicht daß ich kosmische Ansprüche für Teddy stellte, aber ich konnte nie ein anderer sein.«
Weil er alles sorgfältig durchdachte, sprach er selbstbewußt, und wegen dieses Selbstbewußtseins klang er maßlos eingebildet. Doch Ithiel war weit weniger eingebildet, als es der Klatsch wollte. In Gesellschaft sagte Clara, und sie sprach als jemand, der ihn kannte, ihn *wirklich* kannte – und sie machte kein Geheimnis daraus –, wenn sein Name erwähnt wurde, wenn ihn der eine oder andere unruhige Geist heruntermachte, daß Ithiel Regler mit seinen eigenen Schwächen viel direkter umging als jeder einzelne, der für nötig hielt, ihn bloßzustellen.
Als ihre Unterhaltung über Psychiater diesen Punkt erreicht hatte, machte Clara eine Bewegung, die Ithiel außerordentlich vertraut war. Im Sitzen beugte sie den Oberkörper in seine Richtung. *»Los, erzähl!«* sagte sie. Als sie das tat, sah er wieder das Mädchen vom Land in ihrer ganzen ungeschönten Ahnungslosigkeit, mit der sie um Aufklärung flehte. Sie hatte den Mund halb offen, während er ihr antwortete. Sie beobachtete ihn und hörte ihm mit kritischer Konzentration zu. »Erzähl!« war eins ihrer Codewörter.
Ithiel sagte: »Vorgestern habe ich im Fernsehen eine

Sendung über die Mißhandlung von Kindern gesehen und begann mich nach einiger Zeit zu wundern, wieviel mit der Ausnahme von sexueller Belästigung und *tödlicher* Mißhandlung – Verstümmelung und Mord –, unter dieser Überschrift zusammengefaßt war. Das meiste von dem, was sie zeigten, war zu meiner Zeit normale Bestrafung. Also könnte ich heute ein Fall von Kindesmißhandlung sein, und mein Vater würde vielleicht eingesperrt, weil er sein Kind geschlagen hat. Wenn er in Wut geriet, war er wie verwandelt – er war wie schwarz gebrannter Whisky verglichen mit im Laden gekauftem Schnaps. Die Kinder, wir alle, wurden beidhändig geschlagen, von beiden Seiten gleichzeitig, und ohne Milde. Und? Vierzig Jahre später muß ich eine Fernsehsendung sehen, um zu merken, daß auch ich mißhandelt worden bin. Nur habe ich meinen seligen Vater geliebt. Das Schlagen war nur ein Zwischenfall, eine vereinzelte Geschichte zwischen uns. Ich liebe ihn immer noch. Und jetzt will ich dir sagen, was das bedeutet: Ich kann die derzeit gängigen Begriffe nicht auf meinen Fall anwenden, ohne die Wirklichkeit zu verzerren. Mein Vater hat mich leidenschaftlich geschlagen. Wenn er das tat, haßte ich ihn wie Gift und Mord. Ich habe ihn aber auch leidenschaftlich geliebt, und ich bin mir *niemals* als mißhandeltes Kind vorgekommen. Ich vermute, daß mich dein Psychiater zum Hassen anstacheln, Haß nicht in Passivität verwandeln würde. Von der erhabenen Höhe seiner theoretischen Voraussetzungen würde er mir also sagen, wie Teddy Regler sein müßte. Der wirkliche Teddy jedoch lehnt es ab, einem Toten zu grollen, von dem er annimmt, daß er ihn im Land der Toten treffen könnte. Sollte es dazu kommen, dann nur, weil wir einander geliebt und uns das gewünscht haben. Außerdem muß, wenn man die vierzig überschritten hat, ein Moratorium verkündet werden – womöglich schon früher. Man kann es sich nicht leisten, sein Lebtag ein geschädigtes Kind zu sein. Das werfe ich allen Psychiatern vor: Sie ermuntern dich, auf Mißhandlungen aufzubauen, und halten dich infantil. Daher leidet das eigentliche Amerika unter Selbstmitleid. Vielleicht gibt es auch verborgene politische Gründe dafür. Vorwarnungen für das Schicksal, dem diese riesige Supermacht entgegengeht...«

Clara sagte *»Los, erzähl!«*, und dann hörte sie zu wie ein Mädchen vom Land. Dieser Teil von ihr würde, Gott sei Dank, nie verschwinden, dachte Ithiel; während Clara verstohlen die Beobachtung machte, wie gut wir uns doch inzwischen verstehen. Wenn wir nur schon vor zwanzig Jahren so gewesen wären. Was nicht heißen sollte, daß sie ihm in den ersten Jahren nicht hätte folgen können. Sie hatte immer verstanden, was Ithiel sagte. Wäre es anders gewesen, hätte er sich gar nicht erst die Mühe gemacht und geredet – warum Worte verschwenden? Aber sie bemerkte auch den komischen Reiz, den sie als Landpomeranze mit aufgerissenem Mund ausübte. Ach! Wirklich! Natürlich! Und ich könnte mir in den Hintern beißen, daß ich nicht selber drauf gekommen bin! Doch in der Zwischenzeit hatte sie an der Großstadt-Clara gearbeitet, die Ideen über Ideen zum Überleben in der Stadt von Gog und Magog anhäufte.

»Aber laß mich erzählen«, sagte sie, »worüber ich am Anfang, als wir uns kennenlernten, zu überrascht war, um es zu erwähnen... als wir in Chelsea nackt im Bett lagen und du Gedanken rund um die Welt wandern ließest, aber dann kamen sie immer wieder zu *uns*, zu uns im Bett zurück. Dabei war das *Bett* meiner Meinung nach zur Entspannung da oder zum Sex oder zum Lesen eines Romans. Und zurück zu *mir*, die du nie übersehen hast, wohin deine Ideen auch immer gewandert sind.«

Dieser Ithiel, der damals vollkommen schwarzhaarig war und jetzt grau wurde, hatte ein wenig zugenommen. Sein Gesicht war voller, an der Unterseite runder geworden. Es war inzwischen eher urnenförmig. Sonst hatte sich sein Aussehen erstaunlich wenig verändert. Er sagte: »Ich hatte wirklich nicht so furchtbar gute Nachrichten aus der Welt. Ich kann mir denken, daß du unter den vagen Themen, von denen ich sprach, immer nach Aufhängern für dein einziges und eigenes Thema gefahndet hast: Liebe und Glück. Heute bin ich manchmal genauso neugierig auf Liebe und Glück wie du damals, als du meine Geistesblitze bestaunt hast.«

Zwischen seinen Aufträgen hatte Ithiel Zeit gefunden, lange Monate mit Clara zu verbringen – in

Washington, seinem Hauptstützpunkt, in New York, auf Nantucket und in Montauk. Als sie drei Jahre zusammen waren, hatte sie regelrecht Druck auf ihn ausgeübt, damit er ihr einen Verlobungsring kaufte. Sie war damals, wie sie erzählte, ziemlich unter Dampf und sehr bestimmt (als wenn sie das jetzt nicht mehr wäre). »Ich brauchte wenigstens eine symbolische Erklärung«, sagte sie immer, »und ich machte ihm richtig die Hölle heiß, sagte, daß er mich jetzt schon so lang als sein Mädchen, sein Betthäschen durch die Gegend zog, daß er schließlich vor mir kapitulierte.« Er nahm Clara mit zu Madison Hamiltons Laden im Juweliersviertel und kaufte ihr einen Ring mit einem Smaragd – einen echten, auffällig rein, die Farbe vollkommen, absolute Spitzenklasse, wie Clara später von Kennern versichert wurde. Zwölfhundert Dollar bezahlte er dafür, in den Sechzigern ein hoher Preis, als Ithiel besonders knapp bei Kasse war. Aber so war er: schwer zu überreden, doch wenn er sich einmal durchgerungen hatte, wollte er von Tinnef nichts wissen. »Nehmen Sie das andere Mistzeug weg«, murmelte er. Der korrekte Mister Hamilton hatte das vermutlich gehört. Madison Hamilton war ein Gentleman und ehrenhaft und würdevoll zu einer Zeit, als es diese Eigenschaften noch gab: »Bevor sich unsere amerikanischen Landsleute in einen Zustand der Halluzination gelogen – sich großkotzig in die eigene Hirnlosigkeit getrieben hatten«, sagte Ithiel. Er sagte auch, und die Rede war noch immer von Hamilton, der antike Steine verkaufte: »Ich glaube, der komische Name, den mir meine Eltern gegeben haben, hat mich schon von vornherein für aussterbende Figuren wie Hamilton eingenommen – Weiße von der Ostküste mit guten Manieren... Aber wer weiß, vielleicht war er auch nur ein Armenier auf der Durchreise.«

Clara streckte ihren Verlobungsfinger aus, und Ithiel steckte den Ring an. Als der Scheck ausgeschrieben war und Mr. Hamilton um einen Ausweis bat, konnte Ithiel nicht nur einen Führerschein, sondern auch einen Sonderausweis des Pentagons vorlegen. Der machte großen Eindruck. Um die Zeit wollte Ithiel als Wunderkind in Nuklearstrategie hoch hinaus, und er wäre vielleicht auch ganz nach oben gekommen, an den Verhandlungstisch in Genf, den Russen gegenüber, wenn er weniger schrullig gewesen wäre. Einflußreiche Leute hielten viel von seiner Intelligenz. Na, man brauchte sich doch nur die Größe und Ebenmäßigkeit seiner dunklen Augen anzuschauen – »Die Augen Heras in meinem Homer«, sagte Clara. »Nur daß er alles andere als weibisch aussah. Überhaupt nicht!« Sie wollte damit sagen, daß er ein klassisch-ebenmäßiges Aussehen hatte.

»An jenem Nachmittag bei Hamilton trug ich ein Minikleid, bei dem man sah, wie sich meine Knie berührten. Ich habe keine X-Beine, nur diese kleine Besonderheit an der Innenseite meiner Beine... Wenn das ein Schönheitsfehler ist, dann hat er mir genützt. Ithiel machte er ganz verrückt.«

Später bezeichnete sie das als »die unvorhersehbare Nützlichkeit von Anomalien«. Sie schrieb das auf einen Zettel und ließ ihn mit anderen Zetteln im Haus herumflattern, so daß sie, wenn sie gefragt wurde, was das bedeuten solle, behaupten konnte, sie habe es vergessen.

Obwohl Ithiel hin und wieder die »Spieltheorie« oder »MAD«, das System garantierter gegenseitiger Abschreckung, erwähnte, verriet er doch nie eine Information, die als geheim hätte eingestuft werden können, und sie versuchte erst gar nicht zu verstehen, was er in Washington tat. Gelegentlich tauchte sein Name in der *New York Times* als Gutachter in Fragen internationaler Sicherheit auf, und ein paar Jahre war er der Berater des Vorsitzenden eines Senatsausschusses. Sie kümmerte sich nicht um Politik, stellte keine Fragen. Je geheimer seine Tätigkeit, desto lieber war er ihr. Macht, Gefahr, Geheimhaltung vergrößerten seinen Sex-Appeal noch. Kein loses Gerede. Bei einem Mann wie Ithiel durfte sich eine Frau sicher fühlen.

Es war ein unglaubliches Glück, daß das kleine Apartement in Chelsea so nah bei der Penn Station lag. Wenn er in der Stadt auftauchte, rief er an, und fünfzehn Minuten später war er da, mit der Aktentasche unterm Arm. Er hatte die Gewohnheit, bei seiner Ankunft die Krawatte abzunehmen und sie zwischen seine Dokumente zu stopfen. Sie hatte die Gewohnheit, nach dem Auflegen des Telefonhörers den Ring aus der verschlossenen Schublade zu holen,

ihn an ihrem Finger zu bewundern und zu küssen, wenn sie die Klingel hörte.
Nein, Ithiel machte keine große politische Karriere, er war kein Teamspieler, hatte keinerlei Talent für Verwaltung; seine Ansichten waren zu ungewöhnlich, und er hatte keine Chance, je die Kabinettsebene zu erreichen. Jedenfalls war es zu einfach für ihn, als freier Unterhändler Erfolg zu haben; er schloß sich nie einem Politiker an, der das Präsidentenamt anstrebte: Die Klugen würden es nie schaffen. »Und außerdem«, sagte er, »bleibe ich gern mobil.« Ein Sprung auf einen anderen Kontinent, wenn er frische Luft brauchte. Er nahm Aufträge an, die dem Drahtzieher in ihm, dem Teddy Regler hinter den Kulissen, zusagten: im Persischen Golf, mit einer japanischen Whisky-Firma nach einem Markt in Südamerika Ausschau halten, mit der italienischen Polizei Jagd auf Terroristen machen. Keine dieser Aktivitäten kompromittierte in Washington seinen Ruf der Zuverlässigkeit. Vor Untersuchungsausschüssen im Kongreß sagte er als sachverständiger Zeuge aus.
In der Zeit ihrer großen Vertrautheit hatte ihm Clara mehr als einmal dabei geholfen, einen Termin einzuhalten. Damals waren sie Teddy und Clara, ein Superteam, das rund um die Uhr arbeitete. Er wußte, wie verläßlich sie war, arbeitswütig, wie schnell sie ihr ungewöhnliche Ideen verstand, wie feinfühlig sie sein konnte. Ihr wiederum war bewußt, wie tief seine Analyse gehen konnte, über welche Bandbreite an Informationen er verfügte, wie zuverlässig seine

Gutachten waren. Er schien ihr Klassen besser zu sein als alle anderen. Im Hotel Cristallo in Cortina d'Ampezzo erarbeiteten sie einmal zusammen zum perforierenden Rhythmus des Tennisplatzes unten einen Bericht. Er mußte die Seiten, die sie für ihn tippte, übers transatlantische Telefon durchgeben. Während er sprach, ließ er sie an der Maschine weiterschreiben. Er konnte sicher sein, daß sie seine Notizen richtig ordnete und in einem Stil formulierte, der seinem eigenen glich (nicht daß es Washington auf Stil angekommen wäre). Alles außer dem Geheimmaterial. Sie übernahm jede Menge Arbeit – lange schwindelige Tage an der schäbigen Reise-Olivetti –, um sich an ihn zu binden.

Wie sie Ms. Wong erzählte, hatte sie vor vielen Jahren in den Regalen der Bibliothek der Columbia University ein Buch gesehen. Ein einzelner Titel hatte sich vom Rest abgehoben, aus Tausenden: »Das Menschenpaar«. Ja, die großknochige blonde Studentin, die hier *arbeitete* und sich (unbewußt) so eruptiv vorkam, daß eine ihrer Kontrollmaßnahmen darin bestand, den Atem anzuhalten – beim Anblick dieser vergoldeten Wörter auf dem Buchrücken konnte sie wieder atmen. Sie atmete. Sie nahm das Buch nicht heraus; sie wollte es nicht lesen. »Ich wollte das Buch auf keinen Fall lesen.«

Sie schilderte diese Laura Wong, die zu höflich war, Clara aufzuhalten, zu taktvoll, um die Vertraulichkeiten in angemessene Kanäle zu lenken. Wenn sie aufgedreht war, mußte man sich alles anhören, was aus Claras wildem Kopf herauskam. Ms. Wong verglich diese persönlichen Enthüllungen mit ihrer eigenen Lebenserfahrung; jede andere hätte das ebenfalls getan. Auch sie war verheiratet gewesen. Fünf Jahre eine amerikanische Ehefrau. Vielleicht war sie sogar verliebt gewesen. Sie sagte es nie. Man konnte nie wissen.

»Der vollständige Titel lautete ›Das Menschenpaar in den Romanen Thomas Hardys‹. In der Schule hatte ich Hardy geliebt, aber jetzt wollte ich von dem Buch nur den Titel haben. Er fiel mir in Cortina wieder ein. Ithiel und ich waren das Menschenpaar. Mit einem Picknickkorb zogen wir hinauf in den Wald hinter dem Cristallo – Käse, Brot, kalter Braten, saure Gurken und Wein. Ich wälzte mich auf Ithiel und fütterte ihn. Später, als ich es selber versuchte, merkte ich, wie schwer es ist, in dieser Lage zu schlucken.

Wenn ich heute zurückblicke, denke ich mir, daß ich damals unter zu großer Spannung stand. Man kann sich vorstellen, daß der Weltgeist in normale Mädchen fährt und sie zu seinem dämonischen Medium macht. Vor einiger Zeit habe ich das Ithiel gegenüber erwähnt – er und ich sind inzwischen alt genug, um solche Sachen zu diskutieren –, und er sagte, daß einer der Freunde, die er bei den russischen Dissidenten hat, von so etwas wie ›Superliteratur‹ sprach – während Literatur die Tragödie oder Komödie des Privatlebens ist, handelt die Superliteratur vom möglichen Ende der Welt. Jenseits persönlicher Ge-

schichte. In Cortina dachte ich, mein Antrieb seien persönliche Gefühle, doch waren diese Gefühle derart überwältigend und inbrünstig, daß sie möglicherweise überpersönlich waren – eine gesunde, junge, verliebte Frau, die die Tragödie oder Komödie der zu Ende gehenden Welt ausdrückt. Ein Fieber, das Liebe als Transportmittel benutzt.
Nach den Ferien fuhren wir hinunter nach Mailand. Und da habe ich dann auch Spontini kennengelernt. Wir waren auf einer schicken After-Dinner-Party, und er sagte: ›Ich fahre Sie zu Ihrem Hotel zurück.‹ Ithiel und ich stiegen also mit ihm in den Jaguar, und wir wurden vorn und hinten von Hundertschaften von Bullen eskortiert. Er war stolz auf seine Sicherheitsbeamten; das war zu der Zeit, als die Roten Brigaden die Reichen entführten. Es war nicht so *einfach*, reich zu sein – reich genug, um für Lösegeld in Frage zu kommen. Mike sagte: ›Kann gut sein, daß mein eigener Freund Giangiacomo meine Entführung plant. Nicht er selber, aber der Verein, zu dem er gehört.‹
Auf derselben Reise verbrachten Ithiel und ich auch einige Tage bei dem Milliardär und Revolutionär Giangiacomo. Er war ein freundlicher, angenehmer Mann, der bis auf seine absurde Fidel-Castro-Verkleidung gut aussah; wie ein kleiner Junge aus Queens im Cowboyanzug. Er trug eine Schirmkappe, und in einer Ecke seines vornehmen Büros stand ein Maschinengewehr auf dem Boden. Er lud Ithiel und mich in sein Château ein, das achtzig Kilometer

entfernt war, 18. Jahrhundert, Rokoko: Es hätte das Bühnenbild für die »Hochzeit des Figaro« abgeben können bis auf den veralgten Swimming-pool mit der Sauna daneben, im feuchten Teil des Gartens, weit unten am Hügel. Beim Mittagessen beugte sich der Butler vor, um Trüffeln aus Giangiacomos eigenem Wald über die *crème veloutée* zu raspeln, wurde aber von Giangiacomo daran gehindert, der mit den Armen wedelte und über revolutionäre Erhebungen schwadronierte, ein Thema, über das er gerade ein Buch schrieb. Als Ithiel ihm sagte, daß es Ansichten, wie er sie vertrete, bei Karl Marx gar nicht gebe, erwiderte Giangiacomo: »Ich habe Marx nie gelesen, und jetzt ist es zu spät dafür; es ist höchste Zeit für Taten.« Am Nachmittag fuhr er uns mit vielleicht fünfhundert Meilen pro Stunde nach Mailand zurück. Lauter Taten, kann ich dir sagen. Ich versteckte meinen Smaragd mit der rechten Hand und hielt ihn fest, vielleicht, um ihn bei einem möglichen Unfall zu schützen.

Als wir am nächsten Tag zurückflogen, stand Giangiacomo im Kampfanzug und begleitet von Boutiquenmädchen, die alle Miniröcke trugen, am Flughafen. Ein oder zwei Jahre danach jagte er sich selber in die Luft, als er die Hochspannungsleitungen mit Dynamit sprengen wollte. Ich war traurig darüber.«

Als sie im stickigen August nach New York in das Apartement in Chelsea zurückkehrten, kochte Clara für Ithiel ein schönes italienisches Essen, Kalbfleisch mit Zitronen und Kapern, das ebenso gut, wenn nicht besser war als das, was in Mailänder Restaurants oder von Giangiacomos Koch in dem wunderbaren Spielzeug-Château serviert wurde. Bei der Arbeit in der schmalen New Yorker kombüsenartigen Küche war Clara nackt und trug Clogs. Um das Fleisch zart zu machen, schlug sie es mit einer roten gußeisernen Bratpfanne. Damals trug sie ihr Haar lang. Ob sie nun angezogen war oder nackt, ihre Bewegungen waren immer energisch; langsam gab es für sie nicht.

Auf dem Bett ausgestreckt studierte Ithiel seine gefährlichen Dokumente (diese ganzen verbotenen Fakten), während sie kochte und die Musik lief; die Jalousien waren heruntergelassen, das Licht brannte, und sie genossen eine herrliche Intimität. »Als ich noch klein war und wir während des Krieges Ferien an der Küste von New Jersey machten«, erinnerte sich Clara, »hatten wir schwarze Jalousien an den Fenstern, weil sich draußen im Atlantik deutsche U-Boote versteckten, aber wir durften das Radio so laut stellen, wie wir wollten.« Sie malte sich gern aus, wie sie Ithiel und seine geheimen Dokumente versteckt hielt – ohne daß die tödlichen Informationen auch nur den Ausdruck in Ithiels geradem Profil verändert hätten: »Er war konzentriert wie Jascha Heifetz.« Wurde er von irgend jemand beschattet? Männer mit Zoomlinsen und Teleobjektiven auf den Dächern Chelseas? Ithiel lächelte und wischte es weg. So wichtig war er nicht. »Ich bin nicht reich wie Spontini.« Eher hätten sie es auf Clara abgesehen, meinte er; sie würden sich einschießen auf eine Tochter Albions, die keinen Faden am Leib hatte. Damals kam er häufig aus Washington, um seinen kleinen Sohn zu besuchen, der bei der Mutter an der East Tenth Street lebte. Ithiels Ex-Frau, die inzwischen wieder ihren Mädchennamen Etta Wolfenstein angenommen hatte, überschlug sich Clara gegenüber vor Freundlichkeit und schwätzte am Telefon auf sie ein. Etta hatte Informanten in Washington, die wiederum ein Auge auf Ithiel hatten. Ithiel war Klatsch gleichgültig. »Ich bin nicht der Präsident«, sagte er immer, »bei mir müssen keine Bulletins über meine Stimmungen und Ortswechsel veröffentlicht werden.«

»Ich hätte es Ithiel nicht vorwerfen dürfen, daß er in Washington hin und wieder eine Frau zum Essen ausführte. Er brauchte ganz normale, ruhige Zeiten. Damals hatte ich so unendlich viel Kraft. Besonders nach Mitternacht, wenn ich meine Psyche am liebsten erforschte – was Liebe ist und Tod und Hölle und ewige Bestrafung und was Ithiel mich beim Jüngsten Gericht kosten würde, wenn ich meine Augen für immer geschlossen haben würde. Meine ganzen wiedererweckten Gefühle kamen nach ein Uhr morgens heraus, ganze Nächte voller Tränen, Angst und Hysterie. Ich machte ihn wahnsinnig. Um damit Schluß zu machen, hätte er mich heiraten müssen. Dann hätte er sich keine Sorgen mehr machen müssen. Meine ganze dämonische Kraft hätte ihm zur Verfügung gestanden. Doch mittlerweile schüttete er, wenn er gegen Morgen eine Stunde Schlaf bekommen und noch Zeit genug hatte, sich vor dem ersten Termin zu rasieren, eine Tasse Kaffee hinunter und behauptete, er sehe aus wie Lazarus in seinem Grabtuch. Wegen seines guten Aussehens war er auch sehr eitel«, sagte Clara zu Ms. Wong. »Vielleicht habe ich mich deshalb für diese Form der Bestrafung entschieden, um ihm Ringe unter den Augen zu verpassen. Einmal sagte er, er müsse für die Leute von Fiat einen Gesetzentwurf vorbereiten – sie versuchten, ein Gesetz durch den Kongreß zu bringen –, und sie würden sagen, er habe wohl eine nächtliche Orgie hinter sich und sei jetzt nicht mehr in der Lage, sich entsprechend zu präsentieren.«

Clara hatte nicht vor, Teddy zu erzählen, wie in Mailand, als Mike Spontini sie eingeladen hatte, sich nach vorn zu ihm zu setzen, bereits seine Hand auf sie wartete, und wie sie sofort wieder aufgestanden war und ihm ihr Abendtäschchen zu halten gegeben hatte. Im Dunkeln schlossen sich seine Finger bald um ihren Oberschenkel. Daraufhin drückte sie auf den Zigarettenanzünder, und er konnte sich denken, was sie damit anstellen würde, wenn die Spitze heiß war, also hörte er auf, ließ sie in Ruhe. Solche Vorfälle erzählte man nicht dem Mann, mit dem man zusammen war. Für jemanden, der tagein, tagaus nur Weltpolitik im Kopf hatte, war das auch zu belanglos.

Bei den Berichten, die Ms. Wong zu hören bekam (die trotz ihres orientalisch distanzierten Auftretens, trotz des chinesischen Schnitts ihrer Kleider über viel amerikanisches Einfühlungsvermögen verfügte), hätte es Claras Direktheit sein können, die sie ausländisch wirken ließ. Clara übertrieb das übliche Maß amerikanischer Offenheit. Der Smaragdring beschwichtigte sie eine Zeitlang, aber Ithiel zeigte keinerlei Neigung zu weiteren Schritten, und Clara wurde schwieriger. Sie teilte ihm mit, daß sie beschlossen habe, sie würden im selben Grab beerdigt. Sie sagte: »Lieber komme ich mit dem Mann, den ich geliebt habe, unter die Erde, als daß ich das Bett mit einem Gleichgültigen teile. Ja, ich glaube, wir sollten im selben Sarg liegen. Oder zwei Särge, aber wer als letzter stirbt, liegt oben. Seite an Seite geht auch. Hand in Hand, wenn sich das einrichten läßt.« Ein anderes häufiges Thema waren Geschlecht und Name ihres ersten Kindes. Ein Name aus dem Alten Testament wäre ihr am liebsten gewesen – Zebulon oder Gad oder Ascher oder Naphtali. Bei einem Mädchen vielleicht Michal oder Naomi. Er lehnte Michal ab, weil sie David wegen seines nackten Siegestanzes verspottet hatte, und weigerte sich dann, sich an solchen Gesprächen überhaupt noch zu beteiligen. Er wollte keine Pläne für ihr Glück schmieden. Er wurde sauer, als sie sagte, daß es da hinten in Indiana einen hübschen Landfriedhof gebe, der rundum von riesigen Roßkastanien umgeben sei.

Als er geschäftlich nach Südamerika flog, erfuhr sie von Etta Wolfenstein, daß er zu seiner Unterstützung und (da kannte sie Teddy) für alles andere eine

Sekretärin aus Washington mitgenommen hatte. Um es ihm zu zeigen, hatte Clara eine Affäre mit einem jungen Jean-Claude, der eben aus Paris gekommen war, und innerhalb einer Woche wohnte er bei ihr. Er sah ungewöhnlich gut aus, wusch sich aber selten. Der Dreck war bei ihm derart eingezogen, daß sie ihn in der Dusche nicht sauberkriegte. Sie mußte sich ein Zimmer im Plaza nehmen und ihn in die Wanne stecken. Danach konnte sie seinen Geruch eine Zeitlang aushalten. Er bat sie um Hilfe bei der Beschaffung einer Arbeitserlaubnis, und sie nahm ihn mit zu Steinsalz, Ithiels Anwalt. Später weigerte sich Jean-Claude, ihr den Hausschlüssel zurückzugeben, und wieder mußte sie zu Steinsalz. »Lassen Sie das Schloß auswechseln, liebes Kind«, sagte Steinsalz und fragte, ob er die Rechnung für seine Beratung an Ithiel schicken solle. Er war ein Freund und bewunderte Ithiel.

»Aber Ithiel hat mir gesagt, daß Sie ihm nie etwas für Ihre Leistungen berechnet haben.«

Clara hatte bemerkt, wie sehr sie die New Yorker mit ihrer Ahnungslosigkeit amüsierte.

»Vermissen Sie irgendwas im Haus, seit Sie das mit diesem Franzmann angefangen haben?«

Sie wirkte begriffsstutzig, aber das war nur aufgesetzt. Sie hatte den Smaragdring in ihrem Bankfach deponiert (auch das war ein Akt, der einen stark an eine Beerdigung erinnerte).

Sie sagte nachdrücklich: »Jean-Claude ist kein Gauner.«

Auch Steinsalz mochte Clara wegen ihres leidenschaftlichen Charakters. Irgendwie wußte er auch, daß ihre Familie Geld hatte – ein Immobilienvermögen, und das verschaffte ihr eine gewisse Aufmerksamkeit bei ihm. Jean-Claude war nicht Steinsalz' Typ. Er riet Clara, ihre Meinungsverschiedenheiten mit Ithiel beizulegen. »Sex nicht aus Trotz einsetzen«, sagte er. Clara mußte dem Anwalt unwillkürlich auf den Schoß sehen, wo sich wegen seiner Feistheit das Geschlechtsorgan durch den Druck des Fettes abzeichnete. Sie mußte an eine dieser Figuren denken, die zum Vorschein kommen, wenn Kunstliebhaber auf Knien etwas vom Kirchenboden abpausten. Die Figur eines Ritters, der seit Jahrhunderten tot war.

»Warum kann Ithiel nicht treu bleiben?«

Steinsalz hieß mit Vornamen Bobby. Er war ein kluger Rechner. Er betrieb eine Millionen einbringende Kanzlei, die ihn keinen Cent kostete. Er hatte einige Eckräume als Büro bei einem protzigen Wirtschaftsprüfer gemietet und bezahlte ihn mit Rechtsberatung.

Steinsalz sagte: »Teddy ist ein Genie. Wenn er nicht lieber freischwebend wäre, könnte er sich jede Position in Washington aussuchen. Seine Freiheit ist ihm viel wert; als er Mr. Leakey in der Olduvai-Schlucht besuchen wollte, schnürte er einfach sein Bündel und fuhr los. Eine Reise nach Iran ist für ihn das gleiche wie für mich eine nach Coney Island. Der Schah spricht gern mit ihm. Er ließ ihn kommen, nur um sich bei ihm über Kissinger zu informieren. Ich erzähle Ihnen das, Clara, damit Sie Ithiel nicht an einer zu kurzen Leine halten. Er mag Sie wirklich, aber er ist schnell verärgert. Ein wenig Rücksicht auf seine Bedürfnisse würde ihn mit Dankbarkeit erfüllen. Wichtig ist, daß man in seiner Gegenwart nicht allzu stürmisch wird. Ich kann Ihnen sagen, im Zoo gibt es Wärter, die kümmern sich mehr um die Bedürfnisse eines Flughundes als wir um unseren Nächsten.«

Clara gab ihm zur Antwort: »Es gibt Tiere, die paarweise auftreten. Was ist, wenn das Weibchen sich grämt?«

Es war ein gutes Gespräch, und Clara erinnerte sich dankbar an Steinsalz.

»Jeder kann Liebenden Ratschläge geben«, sagte Steinsalz. »Aber nur die Liebenden wissen, worauf es ankommt.«

Ein belesener Junggeselle, der bei seiner achtzigjährigen Mutter lebte, die im Rollstuhl zur Toilette gebracht werden mußte. Er zählte gern die berühmten Männer auf, mit denen er auf der Highschool gewesen war – der Philosoph Holz, der Physiker Buchman, der den Nobelpreis erhalten hatte, der Kristallograph Lashover. »Und Ihr ergebenster Diener, dessen Berufungsschriftsätze Rechtsgeschichte gemacht haben.«

Clara sagte: »Ich mochte den alten Steinsalz auch irgendwie. Er war wie ein Nikolaus, der mit einem leeren Sack durch den Kamin kommt und dir alles im

Haus stiehlt – das ist eins von Ithiels Bonmots über Steinsalz und dessen Verhältnis zu Eigentum. Auf seine exzentrische Art war Steinsalz ein großzügiger Mensch.«

Clara beherzigte den Rat des Anwalts und schloß mit Ithiel Frieden, als der zurückkehrte. Dann verfielen sie wieder in die gleichen Fehler. »Ich war ein verfluchter Rückfalltäter. Als Jean-Claude ging, war ich froh darüber. Gemeinsam mit ihm in die Badewanne im Plaza zu steigen war Ausgelassenheit – ein privates Zeltlager. Es heißt, der Sonnenkönig habe gestunken. Wenn das stimmt, dann hätte Jean-Claude es in Versailles weit gebracht. Aber meine Familie besteht aus Sauberkeitsfanatikern. Bevor sie sich in ein Auto setzte, bestand meine Großmutter darauf, daß der Sitz gefeudelt, auch unter der Bodenmatte saubergemacht wurde und, um ganz sicherzugehen, daß sie ihren Serge nicht beschmutzte.« Übrigens schloß Clara den Ring nicht aus Angst weg, Jean-Claude könne ihn stehlen, sondern damit er nicht durch ihr sündiges Verhalten im Bett verunreinigt wurde.

Doch als Ithiel wiederkam, war sein Verhältnis zu Clara nicht mehr, was es einmal gewesen war. Auch wenn Ithiel Jean-Claude gegenüber gleichgültig schien, waren zwei außenstehende Parteien zwischen sie getreten. Eifersüchtig und verletzt, konnte ihm Clara nicht das kleine Dummchen aus Washington verzeihen, über das sie Etta Wolfenstein ins Bild gesetzt hatte. Das Mädchen war doof, verfügte aber über eine sehr starke Oberweite. Als Ithiel von seiner Reise zu Betancourt in Venezuela erzählte, war Clara nicht beeindruckt. Eine amerikanische Frau, die verliebt war, war bei weitem wichtiger als irgendeine südamerikanische Größe. »Und hast du deine kleine Assistentin mit in den Präsidentenpalast genommen, um mit ihrer gutentwickelten Brust anzugeben?«

Ithiel sagte vernünftig: »Hacken wir lieber nicht zuviel aufeinander rum«, und Clara bereute und war einverstanden. Doch bald schon richtete sie einen weiteren Hindernislauf aus Tests und Regeln ein und trumpfte unklug auf. Als sich Ithiel die Haare schneiden ließ, sagte Clara: »So mag ich's nicht, aber schließlich willst du ja nicht mir gefallen.« Sie sagte: »Du pflegst dich in letzter Zeit mehr als sonst. Ich glaube, nicht einmal Jascha Heifetz verwendet soviel Sorgfalt auf seine Hände.« Sie machte Fehler. Man schickte einen Mann mit Augen aus der griechischen Mythologie nicht ins Badezimmer, wenn er sich die Fingernägel schneiden wollte, selbst wenn man sich vor Hornschnipseln auf dem Teppich ekelte – sie vergaß, daß sie und Ithiel das Menschenpaar waren. Doch damals konnte sie sich nicht sicher sein, ob Ithiel genauso wie sie über das Menschenpaar dachte. Um ihn auszuhorchen, heuchelte sie größeres Interesse an Politik und ließ ihn über Afrika, China und Rußland reden. Dabei stellte sich heraus, daß der persönliche Faktor unwesentlich war. Clara wiederholte und probierte im Kopf Wörter wie »Kreml« oder »Lubjanka« (sie klangen wie eine einzige Qual), während sie zuhörte, wenn Ithiel von Leuten erzählte, die nicht erklären konnten, warum sie im Gefängnis saßen, wo sie immer Läuse und Wanzen hatten, Durchfall und Tb bekamen und schließlich zu halluzinieren begannen. Sie statuieren ein Exempel an ihnen, dachte sie, um zu beweisen, daß jeder ersetzbar ist. Und selbst hier, als Ithiel dazu gedrängt wurde, mußte er zugeben, daß hier in den Vereinigten Staaten die Stellung des Individuums schwächer wurde und vermutlich im unaufhaltsamen Niedergang begriffen war. Die Aufmerksamkeit, die Schwerverbrechern zuteil wurde, war ein Zeichen dafür. Er konnte distanziert sein bei solchen Urteilen, so als wäre seine Seele eine von zwölf Seelen auf der Geschworenenbank, die sich die Beweisaufnahme anhörten: Es wäre ja ganz schön, wenn wir unschuldig wären, aber ein Schuldspruch würde ihn auch nicht schockieren. Sie folgerte daraus, daß er sich in einem gefährlichen moralischen Zustand befand und daß es ihre Aufgabe war, ihn daraus zu befreien. Das Menschenpaar war auch eine Rettungsaktion.

»Eine schreckliche Krise drohte uns beide zu Tode zu quälen.«

Damals war sie noch nicht weit genug, um das zu Ende zu denken. Später hätte sie gewußt, wie man es formulieren mußte: Liebe war vom Sein nicht zu trennen. Man konnte sein, auch wenn man allein war. Aber in diesem Fall liebte man nur sich selber. Wenn es so war, war jeder andere ein Phantom, und dann war die Weltpolitik nur ein Schattenspiel. Daher war sie, Clara, der einzige Schlüssel zur Politik, den Ithiel je finden würde. Andernfalls konnte er ebensogut damit aufhören, sich den Kopf mit seinen grotesken Planspielen, mit Ideologie, Verträgen und dem ganzen Zeug zu belasten. Warum sollte er sich die Mühe machen, die vielen Phantome aufmarschieren zu lassen?

Aber zu der Zeit liefen die Dinge nicht gut. Er traf den Punkt nicht, obwohl der in ihren Augen die Größe eines Felsbrockens hatte. Sie hatten schlimme Auseinandersetzungen – »Es war ein Fehler, ihn nicht schlafen zu lassen« –, und nach einigen erdrükkenden Monaten machte er Anstalten, wieder mit einer seiner unsäglichen Freundinnen das Land zu verlassen.

Clara hörte, wieder von Etta Wolfenstein, daß Ithiel sich in einer Absteige in den Forties westlich vom Broadway eingemietet hatte, wo er schwer zu finden sein würde. »›Sicher im Dreck‹, hat Etta gesagt – die war vielleicht eine.« Er würde die neue Freundin am nächsten Nachmittag vom Kennedy Airport abholen.

Sofort fuhr Clara im Taxi Manhattan hinauf und marschierte in die winzige Hotellobby; die Wandfliesen waren so schmutzig wie in einer öffentlichen Toilette. Sie stützte sich mit beiden Händen auf den Tisch an der Rezeption und gab sich als Ithiels Frau aus; er habe sie geschickt, um ihn abzumelden und seine Sachen zu holen. »Sie haben mir geglaubt.

Wenn man vor Wut kocht, ist man am kaltblütigsten. Sie wollten nicht einmal einen Ausweis sehen, weil ich bar bezahlte und jedem fünf Dollar Trinkgeld gab. Oben war ich erstaunt, wie er es fertigbrachte, sich auf so ein Bett zu setzen, geschweige denn in diesem schmuddeligen Bettzeug zu schlafen. Das Leichenschauhaus wäre schöner gewesen.«
Dann kehrte sie mit seinem Koffer in ihr Apartement zurück – dem Koffer, den sie nach Cortina mitgenommen hatten, wo sie so glücklich gewesen war. Sie wartete, bis es dunkel war, und gegen sieben tauchte er auf. Er war sehr ruhig, und das hieß, er kochte.
»Was bildest du dir eigentlich ein, mich so zu blamieren?«
»Du hast nichts davon gesagt, daß du nach New York kommst. Du wolltest dich aus dem Land schleichen.«
»Seit wann muß ich denn beim Gehen und Kommen wie ein Angestellter die Stechuhr bedienen?«
Sie behauptete sich furchtlos gegen ihn. In Wirklichkeit war sie verzweifelt. Sie schrie ihm die alttestamentarischen Namen ihrer ungeborenen Kinder ins Gesicht. »Du betrügst Michal und Naomi.«
Ithiel hatte grundsätzlich eine ungewöhnlich große Selbstbeherrschung, »außer wir liebten uns. Zuerst war es kalter Zorn«, sollte Clara berichten. »Er sprach wie ein Mann im dreiteiligen Anzug. Ich erinnerte ihn daran, daß von diesen Kindern das Schicksal unsrer beiden Rassen abhing. Ich sagte, sie

sollten eine Verbindung von zwei hochstehenden Typen werden. Ich habe nichts gegen andere Typen, aber die wird es ohnehin geben, und zahlreicher – ich bin kein Rassist.«

»Es geht nicht, daß du mich im Hotel abmeldest und meinen Koffer mitnimmst. Mich hat niemand zu überwachen. Und ich nehme an, daß du meine Sachen durchwühlt hast.«

»Das würde ich nie tun. Ich habe dich beschützt. Du machst den Fehler deines Lebens.«

In diesem Augenblick war Claras Blick hohl. Man konnte die Knochen in ihrem Gesicht sehen, besonders die Orbitalknochen. Ihre entzündeten Augen hätten Ithiel schockiert, wenn er ihr nicht mit aller Gewalt eine Lektion hätte erteilen wollen. Es war Zeit, die Dinge klarzustellen, wie er es für sich formulierte.

»Du wirst nicht in dieses schreckliche Hotel zurückkehren!« sagte sie, als er seinen Koffer nahm.

»Ich habe woanders reserviert.«

»Teddy, zieh deinen Mantel aus. Bleib, mir geht es nicht gut. Ich liebe dich mit meiner Seele.« Sie sagte es noch mal, als die Tür hinter ihm zufiel.

Er sagte sich, daß es ein unguter Präzedenzfall wäre, wenn er sich von ihr mit diesen Anfällen beherrschen ließe.

Der Luxus des Zimmers an der Park Avenue paßte nicht zu ihm – die vergoldeten Gegenstände an der Wand, die gestreiften Polster, die schreckliche Frescomalerei, das Bett, das wie auf der Farbphotographie im Prospekt zurückgeschlagen war; auch die beiden Täfelchen Pfefferminzschokolade auf dem Nachttisch fehlten nicht. Das Badezimmer war mit Spiegeln ausgekleidet, die Armaturen blitzten, und er spürte, wie das Leben aus ihm schwand. Er ging ans Bett und setzte sich auf den Rand, ohne sich hinzulegen. Es war ihm nicht bestimmt, in dieser Nacht zu schlafen. Das Telephon läutete – ein grausamer Klang, ein dünnes Rasseln –, und Etta sagte: »Clara hat eine Packung Schlaftabletten geschluckt. Sie hat mich angerufen, und ich habe den Rettungswagen geschickt. Du fährst wohl am besten zum Bellevue; vielleicht wirst du gebraucht. Bist du allein?«

Er fuhr sofort zum Krankenhaus, hastete durch graue Flure, hielt an, um nach der Richtung zu fragen, bis er sich neben einem schmalen Fenster im Wartebereich für Verwandte und Freunde fand. Auf Bahren sah er Körper, keiner hatte Ähnlichkeit mit Clara. Ein junger Mann mit hohem Kragen gesellte sich sofort zu ihm. Er sagte, er sei Claras Seelsorger.

»Ich wußte nicht, daß sie einen hatte.«

»Sie kommt oft, um mit mir zu reden. Ja, sie gehört zu meiner Gemeinde.«

»Hat man ihr den Magen ausgepumpt?«

»Das – o ja. Aber sie hat eine große Dosis genommen, und sie sind sich noch nicht sicher. Ich nehme an, daß Sie Ithiel Regler sind.«

»Ja.«

Der junge Geistliche stellte keine weiteren Fragen.

Es gab keine Diskussionen. Man mußte ihm für sein Taktgefühl einfach dankbar sein. Und für die Nachrichten, die er von den Schwestern brachte. Am Morgen hieß es, sie würde durchkommen. Sie verlegten sie nach oben auf eine Frauenstation.

Als sie dazu in der Lage war, ließ sie durch den befreundeten Geistlichen mitteilen, daß sie Ithiel nicht sehen wolle, daß sie nicht den Wunsch habe, je wieder von ihm zu hören. Nach einem selbstquälerischen Tag im Luxus des Hotels an der Park Avenue stornierte er seine Reise nach Europa. Er wies das Mitgefühl Etta Wolfensteins zurück, die danach lechzte, von seinen Qualen zu hören, und kehrte nach Washington zurück. Der Geistliche legte Wert darauf, ihn an der Penn Station zu verabschieden. Da stand er, übergroß, mit seiner Hemdbrust und dem Priesterkragen. Er begann eben kahl zu werden; er hatte beschlossen, keinen Hut zu tragen, und faßte ständig nach verschwundenen oder verschwindenden Haarbüscheln. Ithiel fühlte sich in seinem Mitgefühl unbehaglich. Weil ihm der junge Mann nichts zu sagen hatte, außer daß er sich keine Vorwürfe machen solle. Er hätte sagen können: »Du mit deinen Sünden, deinem nicht so guten Herzen. Ich mit meinem Haarausfall.« Worte wurden nicht gefunden. Nur die stumme Dringlichkeit in seinem anständigen Gesicht. Er sagte: »Sie kann schon aufstehen. Sie geht auf der Station herum und klebt den anderen die Infusionsnadeln fest, die sich gelöst haben. Für die alten Obdachlosen ist sie eine Hilfe.«

Man kann immer ein Mittel einnehmen, man kann sich Tröstungen suchen, wenn man sie braucht, man kann seelische Schwierigkeiten ausmachen. In dieser Hinsicht ist Amerika großzügig. Die Luft ist voller hilfreicher Hinweise. Ithiel war zu stolz, um irgendwelche schnellen Erklärungen zu akzeptieren. Wie: »Selbstmord ist Streben nach Macht.« »Selbstmord ist eine Strafaktion.« »Die Armen meinen es ja nicht ernst.« »Die wollen alle nur gerettet werden.« Man konnte sich derlei Sprüche vorsagen; sie waren einen Dreck wert. In der ganzen zivilisierten Welt gab es heute keinen Ort mehr, an dem eine Frau sagen konnte: »Ich liebe dich mit meiner Seele.« Nur dieses Mädchen aus der Provinz war noch so. Auch wenn es auf der Welt keine mystische Heiligkeit mehr gab, ihr hatte es noch keiner gesagt. Für den geradnasigen Ithiel, der Kurs auf Washington und die Kuppel des Capitol genommen hatte, dieses Symbol einer Nation, die sich vor Weltgeltung aufblähte, war Clara weit mehr wert als irgend etwas *hier* oder sonstwo. Er dachte: Dafür habe ich mich entschieden, und das ist es, was ich verdient habe. Als ich in dieses Zimmer im Regency ging, bekam ich, was mir bestimmt war.

Nach dieser Geschichte fingen Claras Ehen an – zuerst die kirchliche Trauung im Brautkleid ihrer Großmutter, alles sorgfältig arrangiert, Tiffany-Gravuren, Porzellan aus Limoges, Lalique-Gläser.

Mama und Papa hatten sich überlegt, daß nach zwei Selbstmordversuchen das Menschenmöglichste versucht werden mußte, um ihrer Clara ein gefestigtes Leben zu gewährleisten. Sie meinten es gut. Es wurde an nichts gespart. Ehemann Nummer eins war ein Schulpsychologe, der bei Schulkindern Tests durchführte. Er hatte einen guten Namen – Monserrat. Auf dem Briefpapier, das sich Clara drucken ließ, war sie Mme de Monserrat. Aber wie sie zu Ithiel sagen sollte: »Diese Ehe war wie ein Thanksgiving-Truthahn. Nach einem Monat trocknet der Vogel aus, und man ißt immer noch Truthahnbrust. Man braucht immer mehr scharfe Remoulade, und schließlich kann auch das schärfste Messer der ganzen Stadt das Fleisch nicht mehr schneiden.« Wenn Clara etwas wirklich perfekt beherrschte, dann war es das Erfinden solcher Beschreibungen. »Und bald versucht man, zerfasertes Vogelfleisch zu essen«, sagte sie.

Ihr zweiter Mann war ein Junge aus den Südstaaten, der im Kongreß saß und sogar bei einigen Vorwahlen zum Präsidentschaftskandidaten antrat. Sie lebten ungefähr ein Jahr draußen in Virginia, und sie traf hin und wieder Ithiel in Washington. Damals war sie nicht sehr nett zu ihm. »Offengestanden kann ich mir gar nicht mehr vorstellen, warum ich dich überhaupt je umarmen wollte«, sagte sie ihm eines Tages beim Lunch. »Ich sehe dich an, und ich sage: ›Igitt!‹«

»Vermutlich habe ich diesen *Igitt*-Aspekt«, sagte Ithiel völlig gleichmütig. »Es tut nicht weiter weh, wenn man auf seine abstoßende Seite hingewiesen wird.«

Sie konnte ihn nicht aufregen. Als sie ihn dann ansah, lag eine Spur Respekt in ihrem Blick.

»Ich war ein wenig verrückt«, sollte sie später sagen. Damals versuchten sie und ihr Südstaaten-Ehemann, ein Kind zu bekommen. Sie rief Ithiel an und schilderte die Schwierigkeiten, die sie hatten. »Ich dachte, daß du mir vielleicht den Gefallen tätest«, sagte sie.

»Kommt gar nicht in Frage. Das wäre ja grotesk.«

»Ein Kind mit klassischen griechischen Augen. Teddy, paß mal auf, was glaubst du, was ich mit mir mache, wenn ich so dasitze? Was glaubst du wohl, wo meine Hand ist und was ich berühre?«

»Ich habe meine Pflicht für die Erhaltung der Art bereits getan«, sagte er. »Warum noch mehr Sünder hervorbringen?«

»Was schlägst du vor?«

»Diese Zufalls-Ehemänner sind nicht die Lösung.«

»Aber wir waren nicht füreinander bestimmt, Ithiel. Warum hast du so viele Frauen gehabt?«

»Bei dir waren es auch nicht gerade wenige Männer – vielleicht hängt das mit Demokratie zusammen. Es gibt so viele, die in Frage kommen, so hübsche Exemplare. Verkehre mit deinen Artgenossen. Und warum sollte man sich Beschränkungen auferlegen?«

»Gut, aber es geht so unglücklich aus... Und warum sollte ich nicht von dir schwanger werden? Alistair und ich sind da nicht kompatibel. Hast du mir das nicht vergeben, was ich damals gesagt habe, du wärst *igitt*? Ich war nur bockig. Ithiel, wenn du jetzt hier wärst...«

»Aber das bin ich nicht.«

»Nur zur Fortpflanzung. Heute gibt es sogar Leihmütter.«

»Ich kann mir einen schwarzen Kerl, einen Motorradkurier mit Stiefeln, Gürtel und Sturzhelm vorstellen, wie er mit einer Warmhaltebox auf das spermagefüllte Kondom wartet. ›Hier, Billy. Bring das so schnell wie möglich zu der Dame.‹«

»Darüber sollte man keine Witze machen. Denk lieber an den alten Stoiker, der seinen Kumpanen, die ihn in flagranti erwischt hatten, sagte: ›Spottet nicht, ich pflanze einen Menschen.‹ Ach, ich rede so, um dich zu beeindrucken. Es ist nicht ganz ernstgemeint. Ich frage dich – und jetzt mein' ich's ernst –, was soll ich machen?«

»Es sollte Alistairs Kind sein.«

Doch sie ließ sich von Alistair scheiden und heiratete Mike Spontini, dem sie in Mailand damit gedroht hatte, ihm eins mit dem glühenden Zigarettenanzünder zu verpassen. Für Spontini hatte sie aufrichtige Gefühle, behauptete sie. »Obwohl ich ihn dabei erwischt habe, wie er unmittelbar vor unserer Hochzeit eine andere Frau gestopft hat.«

»Er ist nicht der geborene Ehemann.«

»Ich dachte, ich würde ihm mehr bedeuten, sobald er einmal meine Vorzüge erkannt hätte. Daß er sie schließlich *sehen* würde. Ich will ja nicht sagen, daß ich besser als andere Frauen bin. Ich bin ihnen nicht über. Ich bin auch ein wenig durch den Wind. Aber ich halte die Verbindung mit dem *Ich* in mir. Es gibt soviel, was ich für den Mann, den ich liebe, tun könnte. Wie *konnte* Mike in meinem Bett, die Tür unverschlossen und ich im Haus, so ein widerliches Flittchen wie das bumsen? *Los, erzähl* mal.«

»Na, die Menschen müssen mit der Unordnung fertig werden, und wenn sie schließlich damit fertig sind, sind sie's auch selber. Wenn sie innehalten und nach einem neuen Gleichgewicht suchen, merken sie, daß sie sich das Bein gebrochen haben. Alles vorbei.«

Mike Spontini hatte vor, Clara anständig zu behandeln. Er kaufte ein hübsches Haus mit Meerblick in Connecticut. Er machte nie unkluge Investitionen, verlor nie einen Cent. Er verdoppelte sein Geld in Connecticut. Das Apartment in der Fifth Avenue war ebenfalls ein gutes Geschäft. Clara wurde auf dem Land zur Gärtnerin. Sie mußte auf eine mitfühlende Magie bei Blumen und Gemüsen gehofft haben, oder daß der Geruch von Erde Mikes Turboseele beruhigen, sein Fieber senken würde. Die Ehe dauerte drei Jahre. Er ertrug sein gerüttelt Maß an Elend, saß, wie Strafgefangene sagen, seine Zeit ab, dann reichte er die Scheidung ein und veräußerte die Immobilien. Erst ein Herzanfall stoppte Mad Mike. Seine linke Gesichtshälfte war dergestalt entstellt, daß (so drückte Clara es aus) sie ein erstarrter Kommentar zu jener Lebensstrategie geworden war, der er folgte: »Sein gescheitertes Konzept.« Aber Claras Stärke war ihre Loyalität, und loyal war sie sogar gegenüber einem leidgeprüften Ex-Ehemann. Man durchtrennt nicht alle Bande nach Jahren der Vertrautheit. Nach seinem Herzanfall organisierte sie im Krankenhaus eine Geburtstagsparty für ihn; sie ließ ihm einen Kuchen ins Krankenzimmer bringen. Allerdings bat sie der Arzt, nicht selber zu erscheinen. Wenn man fertig, kaputt, völlig erledigt war, im Sterben lag, dann erlebte man Clara von ihrer besten Seite.

Deshalb war es komisch, daß sie auch Managerin geworden war, hochbezahlt und einflußreich. Sie konnte sich über die aktuellen Themen unterhalten, sie zog sich originell an, sie wußte viel und aus erster Hand über Dekadenz, doch konnte sie jederzeit die »Zarin« beiseite lassen und die Landpomeranze werden, das einfältige Opfer von Hausierern und Gaunern, die sie auf den Heuboden locken wollten. In ihr konnte man plötzlich ein Mädchen aus einer abgelegenen Stadt erkennen, aus einem fast verschwundenen Amerika der einklassigen Schulen, der Wachtmeister, der traditionellen Abendessen, aus einer dieser Gemeinden, um die Technologie und Stadterneuerung einen Bogen gemacht haben. Ihr Vater war, nicht zu vergessen, immer noch im Kirchenvorstand, und ihre Mutter schickte Schecks an Fernsehevangelisten. In einem exquisiten Konferenzzimmer konnte Clara so gewöhnlich wie Maismehlbrei sein, und wenn sie in solcher Stimmung

den Mund öffnete, wußte man nicht genau, ob sie sprechen oder Kaugummiblasen produzieren würde. Doch jeder, der es darauf abgesehen hatte, sie zu überfahren, lud sich gehörig Ärger ins Haus.
Sie war jederzeit bereit, ihre vollkommene Ahnungslosigkeit einzugestehen, wie bei Ithiel Regler *»Los, erzähl!«* zu sagen. Das Mädchen vom Lande war auch sentimental; sie bewahrte Souvenirs auf, Photos aus der Familie, verzierte Valentinsgrüße, und sie hielt den Ring in Ehren, den ihr Ithiel gekauft hatte. Sie hielt ihn durch vier Ehen in Ehren. Als sie ihn für die Versicherung schätzen ließ, stellte sich heraus, daß er sehr wertvoll geworden war. Die Deckungssumme betrug fünfzehntausend Dollar. Ithiel war in Gelddingen nie besonders klug gewesen. Er war kein guter Investor – glücklos, sorglos. Vor zwanzig Jahren, an der Fortyseventh Street, hatte Madison Hamilton ganz untypisch danebengehauen, als er den Preis für seinen Smaragd festsetzte. Aber auch Clara war sorglos, denn der Ring verschwand, als sie mit Patsy schwanger war. Vielleicht an einem Waschbecken vergessen oder im Tennisclub von einer Bank gestohlen. Der Verlust deprimierte sie; ihre Depression verstärkte sich, als sie in Handtaschen, Schubladen, Polsterritzen, im Flor zotteliger Teppiche, in Tablettendöschen nach ihm suchte.
Laura Wong erinnerte sich, wie verstört Clara gewesen war. »*Das* hat dich wieder auf die Couch gebracht«, sagte sie mit orientalischer Sanftheit.

Clara hatte gehofft, sich von Dr. Gladstone befreien zu können. Hatte sie jedenfalls gesagt. »Jetzt bin ich zum dritten Mal schwanger und sollte nun endlich in der Lage sein, es allein zu schaffen. Ein Drink mit Ithiel, wenn ich ein Tief habe, bringt mir mehr. Ich habe ohnehin schon mehr Ärzte, als eine Frau brauchen sollte. Gladstone wird mich fragen, warum dieses Ithiel-Symbol noch immer solche Macht hat. Und was soll ich darauf sagen? Wenn der Beutel im Staubsauger voll ist, tauscht man ihn aus. Warum sollte man nicht auch den Gefühlsstaub beseitigen. Und doch... selbst ein Techniker wie Gladstone weiß es besser. Er hat vor, mich zu desensibilisieren. Ich war bereit, aus Liebe zu sterben. Gut, ich bin noch immer am Leben, habe einen Ehemann, erwarte wieder ein Baby. Ich bin, wie es diese theologischen Menschen, diese ganzen Schwatzköpfe mit ihrem Gott ausdrücken: *wohlsituiert*. Wenn man endlich gut situiert ist, warum sollte man dann wegen eines Rings in Trauer versinken?«
Schließlich rief Clara Ithiel an, um ihm das mit dem Smaragd zu erzählen. »Ein solches Bindeglied zwischen uns«, sagte sie. »Und ich fühle mich schuldig, daß ich dich jetzt deswegen behellige, wo es bei dir nicht so gut mit Francine läuft.«
»Nie so schlecht, daß ich nicht ein paar helfende Worte übrig hätte«, sagte Ithiel der Verläßliche. Er beklagte sich nicht gern über seine eigenen Schwierigkeiten. Und er war so vollkommen organisiert – als wolle er sich der klassischen Ausgewogenheit

seines Gesichts würdig erweisen; ein solches Augenpaar schien nach einer besonderen, möglicherweise verordneten Form von Beherrschung zu verlangen. Ithiel konnte hart gegen sich selber sein. Er machte sich wegen Clara und seiner gescheiterten Ehe Vorwürfe, die laufende eingeschlossen. Und doch bewies die Wahl, die er jeweils traf, daß er auch leichtsinnig war. Er war festgelegt auf große Höflichkeit, Form, Ordnung; dennoch ging er bei Frauen Risiken ein, war ein Spieler, hatte etwas von einem Anarchisten. Auf beiden Seiten gab es Anarchie. Dennoch war seine Neigung, waren seine Gefühle für sie – zu seiner eigenen Überraschung – von Dauer. Sein ständig wachsender Respekt für sie kam wie ein Mond über den Horizont, der Jahrzehnte zum Aufgehen braucht.

»Zusammen sieben Ehen, und wir lieben uns immer noch«, sagte sie. Zehn Jahre früher wäre ein solcher Satz riskant gewesen, hätte eine Welle der Angst in ihm erzeugt. Jetzt war sie sicher, daß er zustimmen würde, was er tatsächlich tat.

»Das stimmt.«

»Wie interpretierst du dann den Ring?«

»Gar nicht«, sagte Ithiel. »Es ist keine besonders gute Idee, alles, was passiert, auszuquetschen, um jeden Tropfen Bedeutung herauszubekommen. Es ist ja nicht zu glauben, wie die Leute ihre emotionale Wäsche auswringen. *Ich* glaube nicht, daß du mich betrogen hast, nur weil du diesen Ring verloren hast. Hast du nicht gesagt, daß er versichert war?«

»Aber genau.«
»Dann reich die Schadensmeldung ein. Die Versicherungen kassieren genug. Deine Prämien müssen astronomisch sein.«
»Ich bin wirklich völlig fertig deswegen«, sagte Clara.
»Das ist deine Seele aus dem zehnten Jahrhundert. Dein Doktor scheint sein Geld ja wert zu sein!«
»Er hilft, manchmal.«
»Diese Burschen!« sagte Ithiel. »Wenn ein Tausendfüßler in die Praxis käme, ginge er mit einer Krücke für jeden Fuß wieder weg.«
Als sie Ms. Wong von dieser Unterhaltung berichtete, sagte Clara: »Das genügte. Das ist der Anarchist, der in Ithiel ausbricht. Es gibt mir solchen Auftrieb, nur fünf Minuten mit ihm zu reden!«
Die Versicherung zahlte ihr fünfzehntausend Dollar, und dann, ein Jahr später, tauchte der verlorene Ring auf.
Bei einem ihrer fanatischen Frühjahrsputzanfälle fand sie ihn unter dem Bett, in der Laufrolle eingeklemmt, in der Halterung des kleinen Blockierhebels. Es war auf ihrer Seite des Bettes. Sie mußte nach einem Papiertaschentuch getastet und ihn dabei vom Nachttisch gefegt haben. Wonach sie da gesucht hatte, wollte sie jetzt, da sich der Ring gefunden hatte, nicht mehr wissen. Sie hielt ihn sich vors Gesicht, kam sich tatsächlich so vor, als würde sie die grüne Essenz dieses Eises einatmen – nein, Eis war Diamant; doch auch dieser Smaragd war Eis.

Ithiels Versprechen war darin eingefroren. Ansonsten verkörperte er die dauernde Leidenschaft, die sie für diesen Mann empfunden hatte. In heißer Form wäre er rot gewesen, wie ein Knoten im Körper, in den Geschlechtsteilen. Das wäre dann ein Rubin. Die erkaltete Form war dieses Konzentrat aus klarem Grün. Das war nicht eine ihrer Phantasien; es war so wirklich wie das Grün des Ozeans, wie die Berge, aus deren Eingeweiden solche Edelsteine zutage gefördert werden. Sie stellte sich diese Orte (den Atlantik, die Anden) wie ihr Körperinneres vor. In ihrer Art, alles auf den Punkt zu bringen, sagte sie: »Vielleicht bin ich nichts weiter als ein Bergwerk für Kinder.« Ihre drei kleinen Mädchen waren der Beweis. Die Versicherung wurde nicht benachrichtigt. Clara hätte das Geld nicht zurückerstatten können. Es war inzwischen einfach nicht mehr da. Es war für ein Klavier, einen Teppich, ein weiteres Service Limoges-Porzellan und wer weiß was noch alles ausgegeben worden. Der Ring konnte also nicht mehr neu versichert werden, aber das war auch nicht wichtig. Vor Freude frohlockend, erzählte sie Ithiel am Telephon: »*Un*faßbar, wo der Ring hingefallen ist! Genau unter mich, wo ich traurig lag. Ich hätte ihn berühren können, wenn ich nur meinen Arm hätte fallen lassen. Mit dem Finger hätte ich ihn herauspopeln können.«
»Wie viele von uns können so etwas sagen?« sagte Ithiel. »Daß man im Bett liegen kann und die Heilung für seine Leiden in Reichweite hat.«

»Nur daß man es nicht weiß...«, sagte Clara. »Ich dachte, es würde dich freuen.«
»Ich bin auch froh. Tolle Sache, daß er wieder da ist. Es ist so, als ob du zehn Lebensjahre geschenkt bekämst.«
»Ich muß jetzt besonders gut darauf aufpassen. Er kann nicht versichert werden... Ich weiß nie, wie wichtig ein Gegenstand wie dieser Ring für einen Mann sein kann, der über das Atlantische Bündnis und das ganze andere Zeug nachdenken muß. Abschreckung, das Theater der Nuklearmächte... für mich völlig unverständlich.«
»Wenn nur die Lösungen unter meinem Bett lägen«, sagte Ithiel. »Aber du sollst nicht denken, daß ich einen Ring nicht ernst nehmen kann oder daß ich vor lauter Weltbedeutung so hochnäsig bin oder wegen Lenins ›entscheidender Abhängigkeit der Kräfte‹ – daß du nur ein Kind bist und ich dich wie ein lieber Papa gewähren lasse. Ich mag dich lieber als den Präsidenten oder seinen Sicherheitsberater.«
»Ja, das merke ich, und warum du menschlich gesehen lieber mit mir zu tun hast.«
»Nicht auszudenken, wenn du den Frühjahrsputz nicht selber gemacht hättest und deine Hilfe den Ring gefunden hätte.«
»Meine Hilfe denkt nicht im Traum daran, zu irgendeiner Jahreszeit unters Bett zu kriechen; deshalb hatte ich mir ja auch im Büro freigenommen. Ich mußte um Wilder herumputzen, der John le Carré las. Saß mitten in seinem Frauenhaushalt wie

ein Sioux-Indianer in seiner Hütte. Wie Sitting Bull. Trotzdem, er ist manchmal richtig nett. Selbst wenn er sich wie Gottkönig Mann aufführt. Und er triebe rettungslos auf offener See, wenn ich nicht... hoppla!«

»Wenn du nicht das Schiff bemannen würdest«, sagte Ithiel.

Gut, es war ein Frauenhaushalt, und vielleicht kam sich Gina deshalb in New York weniger fremd vor. Sie sagte, sie liebe die Stadt, sie biete gerade für Frauen so viele Annehmlichkeiten. Außerdem kannte jeder, der neu ankam, die Stadt bereits aus Filmen und Magazinen, und als John Kennedy sagte, er sei ein Berliner, hätte ganz Berlin antworten können: »Ja und? Wir sind New Yorker.« Nach Ginas Meinung konnte keine Rede davon sein, daß sie fremd in der Stadt war.

»Das meinst *du*, Baby«, war Claras Antwort, obwohl sie die nicht Gina Wegmann, sondern Ms. Wong gab. »Und hoffen wir, daß sie nie merkt, was diese Stadt einem jungen Menschen antun kann. Aber wenn man an dieses hübsche Kind denkt, sein Aussehen und den italienischen Charme, diese Unschuld – obwohl so was ja nicht so leicht zu beweisen ist. Man kann von ihr nicht erwarten, daß sie, nur weil die Umgebung so gefährlich ist, vergißt, daß sie ein Mädchen ist.«

»Läßt du sie denn mit der U-Bahn fahren?«

»Sie *lassen*!« sagte Clara. »Wie soll man denn die jungen Dinger überwachen, sobald sie einmal draußen auf der Straße sind? Ich kann für ihre Sicherheit allenfalls beten. Ich habe ihr gesagt, daß sie einen Mantel überziehen soll, wenn sie Minirock tragen will. Doch was helfen solche Ratschläge ohne Slum-Hintergrund? Eine Frau braucht heutzutage eine gewisse Slum-Erfahrung. Trotzdem ist es meine Pflicht, ein Auge auf das Kind zu haben, und ich muß überzeugt sein, daß sie unschuldig ist und *wirklich* nicht möchte, daß sich sexbesessene Verbrecher in der Stoßzeit einen an ihr runterholen.«
»Man hat's schwer in der Position des verantwortlichen Erwachsenen«, sagte Laura.
»Das ist die überlieferte Religiosität in mir. Das Wächteramt.« Clara sagte das zum Teil im Scherz. Doch wenn sie sich an ihre Herkunft, an die entscheidenden Jahre ihres Lebens erinnerte, wurde sie für einen Augenblick wieder das Mädchen mit der breiten Stirn, den großen Augen, der eher schmalen Nase, das von seinen Eltern gezwungen worden war, lange Abschnitte aus den Briefen an die Galater und die Korinther auswendig zu lernen.
»Die Kinder kommen gut mit ihr zurecht«, sagte Ms. Wong.
»Sie fühlen sich sehr wohl bei ihr, und es gibt keinen Ärger mit Lucy.« Lucy war für Clara die Hauptsache. Im gegenwärtigen Stadium war sie so mißmutig – übergewichtig, gehemmt, Freunde zu finden, eifersüchtig, linkisch, kummervoll. Auch schwer in

Gang zu setzen. Clara hatte oft vorgeschlagen, daß Lucy sich die Haare schneiden ließe, die schweren Locken, die ihr Gesicht umrahmten. »Das Kind hat Haare wie Jupiter«, sagte Clara bei einem ihrer Treffen mit Laura. »Manchmal denke ich, sie muß – relativ gesprochen – so stark sein wie ein Kohlenschlepper.«

»Möchte sie denn keinen hübschen Schnitt wie du?«

»Ich will deswegen kein Theater haben«, sagte Clara.

Das Kind war allerdings sehr unförmig (obwohl ihre Beine gut werden würden – das konnte man bereits erkennen). Doch hinter diesem unvorteilhaften Äußeren steckte sehr viel Kraft. Lucy beklagte sich, daß sich ihre kleinen Schwestern gegen sie verbündet hätten. Danach sah es auch aus, mußte Clara zugeben. Patsy und Selma waren anmutige Kinder, und sie ließen Lucy schon vor dem schwierigen Alter dick und schwierig aussehen. Sie würde auch danach noch schwierig sein, genau wie ihre Mutter, und eigensinnig, trotzig und kratzbürstig. Wenn Clara sie zu packen kriegte (die übergroßen Augen in ihrem schmalen Gesicht mußten das Kind fixieren, bis es aus sich herausging – »Du kannst immer mit Mutter darüber sprechen, was los ist, was dich beschäftigt«), dann schluchzte Lucy, daß die Mädchen in ihrer Klasse sie alle grob behandelten und sich über sie lustig machten.

»Kleine Luder«, sagte Clara zu Ms. Wong. »Erstaunlich, wie früh das alles anfängt. Selbst Selma

und Patsy, liebevolle Kinder, profilieren sich auf Lucys Kosten. Ihr ›Fettsein‹ – du weißt ja, wie schlimm ›fett‹ bei Kindern ist – macht aus ihnen Damen. Und die kleinen Schwestern sind alles andere als dumm, aber ich glaube, Lucy ist diejenige, die Köpfchen hat. Lucy hat etwas *Überlegenes*. Gina Wegmann ist da mit mir einig. Lucy benimmt sich wie eine kleine Wilde. Es ist nicht nur diese Römerfrisur. Sie ist gierig und nachtragend. Gott, und wie! Und dafür ist Gina gut, weil Gina so wohlerzogen ist, und Gina *mag* sie. Soweit ich das mit meinen Aufgaben in der Geschäftsleitung und der Hauptlast im Haushalt vereinbaren kann, kümmere ich als Mutter mich um die Mädchen. Ich treffe mich auch mit den Schulpsychologen – ich war mal mit einem von diesen Typen verheiratet – und unterhalte mich mit anderen Müttern. Vielleicht ist es ein Fehler, sie auf die ›besten‹ Schulen zu schicken. Der Einfluß der großen Börsenmakler und Anwälte muß dort überwunden werden. Ich sage nur, was ich denke...«
Was Clara nicht sagen konnte, weil Laura Wongs Erziehung so verschieden von ihrer eigenen war (und es die ihre war, die fremder wirkte), hatte mit Matthäus 16, Vers 18 zu tun: »Die Pforten der Hölle sollen sie nicht überwältigen« – mit »sie« war die Liebe gemeint, der sich kein Riegel vorschieben ließ. Das war ein weiteres Stück von dem primitiven Zeug, das Clara aus dem Hinterland mitgebracht hatte und das Teil ihres verwirrten Innenlebens war. Das ihrer Vertrauten zu erklären, hätte mehr Proble-

me gebracht, als es der Mühe wert war, wenn man bedachte, daß Ms. Wong am Ende immer noch im dunkeln tappen würde – das zweite Dunkel noch dunkler als das erste. Hier konnte Clara nicht sagen, was sie dachte.

»In diesem Kind steckt bereits viel von einer Frau. Eine hübsche, entschiedene Frau. Gina Wegmann spürt das auch bei ihr«, sagte Clara.

Sie fühlte sich stark zu Gina hingezogen, allerdings wäre es nicht klug, sie zur jüngeren Freundin zu erwählen; das würde einer Adoption zu nahe kommen und außerdem bei den Kindern vielleicht zu Eifersucht führen. Man mußte auf Distanz achten – Intimitäten vermeiden, besonders Vertraulichkeiten. Wobei nichts gegen eine gelegentliche kleine Freude einzuwenden war, solange diese Freude als Erziehungsmaßnahme wirkte. Beispielsweise konnte man das Au-pair-Mädchen darum bitten, daß sie ein paar Dokumente ins Büro brachte, sie dann in der Firma herumführen, ihr einen schönen Tee servieren lassen. Sie ließ Gina an einer geschäftlichen Besprechung über Schulterpolster teilnehmen und Argumente für diese oder jene Form der Polsterung anhören, über den Grad der Anhebung, wie wünschenswert eine geradere Linie beim Fall eines Kleides sei; die neuen Trends bei den Polstergrößen in den Entwürfen von Armani, Christian Lacroix, Sonia Rykiel. Sie nahm das Mädchen mit zu einer Präsentation der neuesten italienischen Frühjahrsmodelle, wo sie viel von der Attraktivität schen-

kelhoher Stiefel und über pludrigen Kniehosen getragener Röcke von Giovanni Versace reden hörte. Agitpropgeschulte Conférenciers brachten kurze Kleider aus gefältelter Seide oder Jacken aus raffiniert imitiertem Ozelot oder nachgemachte Bibermützen an die Frau – die ganze erfinderische Arbeit von Handwerker-Millionären, milliardenschweren Designerkommissaren. Gina erschien angemessen gekleidet, ein hübsches Mädchen, sehr jung. Clara wußte nicht zu sagen, welchen Eindruck die Veranstaltung auf sie gemacht hatte. Am besten war es, dachte Clara, die ganze Schau herunterzuspielen: die luxuriöse Atmosphäre, die italienische Starbesetzung und den Pomp der Experten – durch die Anwesenheit der gelassenen Zarin ein wenig zu dämpfen.
»Was sollte ich auch dazu sagen?« sagte Clara, die sich wieder Laura Wong anvertraute. »Dieser Glitzer ist unser Leben, und hübsche Frauen werden alt und übellaunig, auch zynisch, bei all diesem Glanz von Perlen, Seide, Leder, Kosmetika etcetera der Schönheitsbranche. Dabei kommt es vor allem auf meine Verantwortung für die Familie an. Wie ich meine Kinder absichere.«
»Und du wolltest Gina etwas bieten«, sagte Ms. Wong.
»Und mich freut das Verspielte daran«, sagte Clara. »Wir brauchen das. Aber die Summen, die das kostet! Und wer das bekommt! Außerdem, Laura, wenn es schon großzügig an Frauen verschwendet werden muß... Wenn eine Frau schön ist und man

fügt ein schönes Kleid hinzu, dann ist das die eine Sache: Schönheit kommt zu Schönheit. Wenn aber die Wirkung allein von außen kommt, führt das zu seltsamen Ergebnissen. Und das ist der Normalfall. Natürlich wird es unverschämte Intriganten oder verzweifelte Menschen geben, die großartig aussehen. Doch bei den meisten Dekorationsgeschichten ist das Ergebnis eine Katastrophe. Eine Variation jener Auden-Zeile, die ich so liebe: ›der Wille des Wahns zum Leiden‹.« Als sie das gesagt hatte, sah sie unverhüllt gewalttätig aus. Sie war weitergegangen als geplant, weiter, als Ms. Wong ihr hätte folgen können. An dieser Stelle hätte Clara gut die Worte aus Matthäus 16 hinzufügen können.

Ihre chinesisch-amerikanische Vertraute war die plötzlichen Sprünge gewöhnt. Clara benahm sich nicht theatralisch, wenn sie solche Ideen über Mode von sich gab; sie dachte hörbar nach, und sehr oft hatte sie Ithiel Regler im Sinn, die Frauen, mit denen er abgehauen war, die Frauen, die er geheiratet hatte. Unter ihnen gab es mehrere »Modepuppen« – was heißen sollte, sie waren Sexbomben, die overdressed, aufdringlich und verrückt waren, »Tiefflieger-titten«, an die sich ein Mann wie Ithiel nie hätte verschwenden sollen. Und er war dreimal verheiratet gewesen und hatte zwei Kinder. Was für ein Reinfall! Wozu denn sieben Ehen, fünf Kinder! Selbst Mike Spontini war bei all seinen Fähigkeiten und seiner Attraktivität ein Flop gewesen – ein mediterraner, ein italienischer Ehemann, der zu seiner

Frau nach Hause kam, wenn er es für angebracht hielt, das heißt, wenn er müde war von seinen Geschäften und das Herummachen satt hatte. *Alle* anderen waren Ersatz-Ehemänner gewesen, als Menschen nicht ernst zu nehmen – aus keinem von ihnen war eine echte männliche Resonanz herauszuholen. Was für ein Jammer! dachte Laura Wong. Teddy Regler hätte Clara heiraten sollen. Ihrem Wesen nach (so drückte es die Wong jedenfalls aus) waren sie in jeder Hinsicht – Bedürfnisse, Sympathie, Gefühle, egal was – so gut wie identisch. Und Ithiel ging es gegenwärtig sehr schlecht. Als Gina eben ihr Au pair geworden war, hörte Clara von der Wolfenstein, Teddys erster Frau, die ihre Kundschafter in Washington hatte, daß die dritte Mrs. Regler einen Möbelwagen bestellt und eines Morgens, kaum daß Teddy ins Büro gefahren war, das Haus ausgeräumt hatte. Als er am Abend heimkam, fand er außer dem (abgezogenen) Bett, in dem sie in der vergangenen Nacht noch gemeinsam geschlafen hatten, und einigen belanglosen Küchengeräten nichts mehr vor. Francine, die dritte Frau, hatte kein Kind, um das sie sich hätte kümmern müssen. Sie hatte ihre Tage damit verbracht, in Kaufhäusern herumzulaufen. Soviel war immerhin richtig: Er gab ihr nicht das Gefühl, daß sie zu seinem Leben gehörte. Und doch war der Mann fassungslos, fertig – deprimiert, dann krank. Er hatte um seine Mutter getrauert. Francine hatte eine Woche nach der Beerdigung seiner Mutter zugeschlagen. Auf den Tag genau eine Woche.

Clara und Laura hatten gemeinsam beschlossen, daß Francine seinen Schmerz nicht ertragen konnte. Sie selber hatte solche Gefühle nicht, und sie mochte sie nicht. »Manche Leute können Kummer einfach nicht fassen«, waren Claras Worte. Nicht ausgeschlossen auch, daß es da noch einen anderen Mann gab, und es wäre schwierig gewesen, nach einem Nachmittag mit diesem Mann zu einem Ehemann heimzukommen, der in düstere Gedanken versunken war oder Trost brauchte. »Ich kann mir das gut von der Seite der Frau aus vorstellen«, sagte Laura. Ihre eigene Scheidung war alles andere als einvernehmlich geregelt worden. Ihr Ehemann, ein Mann namens Odo Fenger, ein Dermatologe, war einer dieser rotbackigen, blonden, fleischigen Babymänner gewesen, die einen mit ihren Gefühlen völlig in Anspruch nehmen müssen (Augen, die von Babyblau bis Whiskyblau changierten) und auf die Weise die Qualen der Trennung verhundertfachten. Warum also *nicht* einen Lastwagen zum Haus bestellen und geradenwegs in die Zukunft umziehen – Zukunft so verstanden, daß man nie (nie mehr in diesem Leben) die andere Partei wiedersah. »Diese Francine hatte einfach nicht den Nerv, es länger mit ihm auszuhalten, nachdem *ihre* Gefühle abgestorben waren. Jedes Zeitalter hat seine eigene Methode, mit diesen Dingen fertig zu werden. Wie du vorhin gesagt hast, nahm man in der Renaissance Gift. Wenn die Gefühle abgestorben sind, wird die andere Partei physisch unerträglich.«
Clara hörte nur mit halbem Ohr, was Laura sagte. Ihr

einziger Kommentar war: »Ich denke schon, daß es einen Fortschritt gegeben hat. Ausziehen ist besser als umbringen. Zumindest leben beide Parteien weiter.«

Inzwischen wollte Ms. Wong weder Ehemänner noch Kinder. Sie hatte sich von alldem zurückgezogen. Doch sie respektierte Clara Velde. Womöglich ging ihre Neugier noch tiefer als ihr Respekt, und am neugierigsten war sie, wenn es um Clara und Ithiel Regler ging. Sie sammelte Zeitungsausschnitte über Regler und ließ sich, wenn irgend möglich, ähnlich wie Wilder Velde keins seiner Fernsehinterviews entgehen.

Als Clara von Francine und ihrem Möbelwagen hörte, flog sie mit dem ersten für sie erreichbaren Shuttle nach Washington. Gina war ja da, um auf die Kinder aufzupassen. Clara fühlte sich nie sicherer, als wenn die verläßliche Gina bei ihnen war. Als Stütze hatte Clara Mrs. Peralta, die Putzfrau, die auch eine Freundin der Familie geworden war.

Clara traf Ithiel im Zustand kranker Würde an. Er war herzlich, hielt sich aber mit seinen Schwierigkeiten zurück, dankte ihr etwas förmlich für ihren Besuch und sagte ihr, daß er es vorzöge, nicht weiter auf die Geschichte seiner Beziehung zu Francine einzugehen.

»Ganz wie du willst«, sagte Clara. »Aber du hast hier niemanden; nur mich in New York. Ich kümmere mich um dich, wenn du das brauchen solltest.«

»Ich bin froh, daß du gekommen bist. Ich war völlig

niedergeschlagen. Ich habe allerdings die Erfahrung gemacht, daß die Leute, die von ihren privaten Schwierigkeiten zu erzählen beginnen, in eine endlose Beziehungs-Spirale geraten, so daß sie jeden Zuhörer vor Langeweile völlig lähmen. Ich werde mich sicher wieder aufrappeln.«

»Natürlich. Du bist unverwüstlich«, sagte Clara, die stolz auf ihn war. »Wir müssen auch nicht viel darüber reden. Nur daß diese Frau nicht hätte warten müssen, bis deine Mutter gestorben war. Sie hätte es früher tun können. Man wartet nicht, bis es einem Mann schlechtgeht, um ihn dann fallenzulassen.«

»Sollen wir schön essen gehen? Orientalisch, chinesisch, italienisch oder französisch? Wie ich sehe, trägst du den Smaragd.«

»Ich dachte, hoffentlich merkt er es. Aber sag doch, Ithiel, willst du dein Haus aufgeben? Hat sie es sehr kahl zurückgelassen?«

»Ich kann dort kampieren, bis etwas Geld reinkommt, und dann das Wohnzimmer neu einrichten.«

»Jemand sollte sich um dich kümmern.«

»Wenn ich auf etwas verzichten kann, dann ist es dieses Bild ›Ich Armer‹, völlig deprimiert, und dazu ein treues Weib, das mein Herz mit Dankbarkeit erfüllt.« So hart mit seinem Herzen umzugehen, war ihm eine Genugtuung.

»Er sieht die Menschenfamilie gern so, wie sie ist«, sollte Clara das erklären.

»Du würdest nie eine Frau heiraten, die deinen wahren Wert kennt«, sagte Clara beim Essen. »So wie Groucho Marx sagt, daß er nie einem Club beiträte, der ihn aufnähme.«
»Laß mich erklären«, sagte Ithiel, und sie begriff, daß er sich zurückgezogen hatte, um aus einem seiner seltsamen Winkel am Rand zum Zentrum zurückzukehren. »Wenn der Präsident wegen einer Operation ins Walter Reed Hospital muß und die Zeitungen voll sind mit Zeichnungen von seiner Blase und seiner Prostata – ich kann mich noch an die scheußlichen Zeichnungen von Eisenhowers Dünndarmentzündung erinnern –, dann bin ich überglücklich, daß in der Presse keine Diagramme meiner lebenswichtigen Organe sind und die Bevölkerung nicht auf meinen Anus starrt. Aus dem gleichen Grund habe ich immer das Geschwätz über meine Psyche abgelehnt. Es ist nur gut, daß Francine meinen Wert nicht erkannt hat. Ich hätte sonst den Rest meines Lebens mit ihr zusammen verbracht. Ich war geduldig...«
»Du meinst also, du hast dich aufgegeben, resigniert.«
»Ich war liebevoll«, beharrte Ithiel.
»Das mußtest du spielen. Du hattest deinen Fehler erkannt und warst bereit, dafür zu bezahlen. Sie hat auf deine Zuneigung gepfiffen.«
»Ich war treu.«
»Nein, du bist eingeseift worden«, sagte Clara. »Du bist in dein Büroversteck und hast dort deine Ruß-

land- oder Iranspiele gespielt. Die Beschäftigung mit diesen verrückten Typen in Libyen oder im Libanon macht immerhin ein *bißchen* Spaß. Und was hat ihr Spaß gemacht?«

»Ich glaube, daß sie sich jeden Vormittag überlegen mußte, wo sie mit ihren Kreditkarten hingehen sollte. Sie liebte Versteigerungen und Möbelausstellungen. Sie kaufte sich ein Kostüm aus Straußenleder, dazu Stiefel und Handtasche.«

»Was hat ihr sonst noch Spaß gemacht?«

Ithiel war still und zurückhaltend; mit der Klinge seines Messers schob er Krümel hin und her. Clara dachte: Sie hat ihn betrogen. Die gute Francine wußte ja nicht, welchen Ehemann sie an ihm hatte. Und wen kümmerte es schon, was eine solche Frau mit ihren riesenhaften Geräten anstellte. Mit ihrer Suggestivfrage konnte Clara Ithiel keinerlei Reaktion entlocken. Sie hätte genausogut mit einem von diesen Minoern sprechen können, die Evans oder Schliemann oder wer sonst ausgegraben hatte, Figuren wie im Stummfilm mit ihrem augenverlängernden Make-up. Wenn Clara aus dem Mittelalter stammte, dann kam Ithiel aus dem Altertum. Man stelle sich nur so ein fieses Weibsstück vor, das meinte, *er* wisse *sie* nicht genug zu schätzen! Dabei könnte Ithiel doch der Gibbon oder der Tacitus des Amerikanischen Imperiums sein. *Er* würde nicht mehr daran denken, aber sie erinnerte sich heute noch, wie er über Keynes' Skizzen von Clemenceau, Lloyd George und Woodrow Wilson gesprochen hatte. Wenn er wollte, konnte er mit Nixon, Johnson, Kennedy oder Kissinger, mit dem Schah oder de Gaulle machen, was Keynes mit den Alliierten in Versailles gemacht hatte. Größen dieser Welt hatten Ithiel ihrer Aufmerksamkeit gewürdigt. Gelegentlich rutschte ihm ein Kommentar oder ein Urteil heraus: »Weder die Russen noch die Amerikaner sind dazu in der Lage, die Welt zu führen. Nicht fähig, die Zukunft zu organisieren.« Wenn ihr einmal das Erbe ausbezahlt würde, dachte Clara, dann würde sie ihm einen Fonds einrichten, damit er seine Ansichten aufschreiben könne.

Sie sagte: »Wenn ich hier bleiben soll, Wilder ist nach Minnesota gefahren, um sich mit einem Dorfpolitiker zu treffen, der einen Packen Reden braucht. Gina hat ein paar Freunde nach Hause eingeladen.«

»Seh ich so aus, als bräuchte ich freundliche Erste Hilfe?«

»Du bist *fertig*. Was ist denn daran ehrenrührig?«

Ithiel fuhr sie zum Flughafen. In den Alleen war gerade kein Verkehr. Vor ihnen die Lichter des Flughafens, und in den Flugzeugen saßen zu Tausenden Reisende, die ankamen, abflogen.

Clara fragte, an was er gerade arbeite. »Nicht für wen du arbeitest, sondern das Thema.«

Er sagte, er mache eine Umfrage unter Emigranten, was sie von dem neuen Sowjetregime hielten – er schien froh zu sein, das Thema wechseln zu können, obwohl er sonst mit ihr ungern über Politik sprach. Politik war nichts für sie, er verschwendete nicht gern Worte an unverständige müßige Frager, doch schien er heute abend seine emotionalen Gründe dafür zu haben, daß er von dem sprach, was ihn beschäftigte. »Einige der klügsten Emigranten sagen, daß die Russen die Liberalisierung erst ankündigten, nachdem sie die Dissidenten liquidiert hatten. Dann übernahmen sie die Ideen der Dissidenten. Wenn man sich seiner Feinde entledigt hat, kann man leicht die Todesstrafe abschaffen – so sieht es Alexander Sinowjew. Und es war keineswegs nur der KGB, der die Dissidentenbewegung zerstört hat, sondern der gesamte Parteiapparat, und die Partei wurde vom sowjetischen Volk gestützt. Sie haben die Opposition unterdrückt und tun jetzt so, als seien *sie* die Opposition. Sowjetführer kritisieren das Sowjetsystem. Wenn es geschehen muß, übernehmen sie es. Und der Westen ist hingerissen von all den Reformen.«

»Wir werden also wieder mal ausgetrickst«, sagte Clara.

Aber es gab andere Dinge, dringendere, die auf dem Weg zum Flughafen besprochen werden mußten. Zeit genug. Ithiel fuhr sehr langsam. Der nächste Shuttle-Flug war nicht vor neun. Clara war froh, daß sie nicht hetzen mußten.

»Du hast doch nichts dagegen, daß ich heute abend den Ring trage?« sagte Clara.

»Weil es eine ungünstige Gelegenheit ist, um mich daran zu erinnern, wie es mit uns hätte sein können?

Nein. Du bist hergekommen, um nach mir zu gukken und zu sehen, was du für mich tun könntest.«

»Beim nächsten Mal, Ithiel, wenn es ein nächstes Mal gibt, läßt du mich die Frau überprüfen. Du verstehst ja vielleicht viel von politischen Analysen... *Den* Satz brauche ich nicht zu Ende führen. Außerdem war mein eigenes Urteil auch nicht immer zu hundert Prozent richtig.«

»Wenn mich jemand fragen würde, Clara, würde ich sagen, daß du ein seltsamer Fall bist – eine Frau, die nicht korrumpiert worden ist, die ihre eigene moralische Logik entwickelt hat und sie mit ihrer eigenen Solarenergie und nach ihren eigenen weiblichen Grundsätzen einsetzt. Du hörst, daß ich Pech hatte, und kommst mit dem nächsten Shuttle her. Und wie wenig Menschen benutzen diesen Washington-Shuttle zu einem mitmenschlichen Zweck. Beinah jeder kommt geschäftlich. Manche wegen der Sehenswürdigkeiten, ein paar wegen der Bilder in der National Gallery, ein guter Prozentsatz, um sich vernaschen zu lassen. Wie viele kommen, weil sie eine große Seele haben?«

Er stellte das Auto ab, um sie zum Flugzeug zu bringen.

»Du bist ein lieber Mensch«, sagte sie. »Wir müssen aufeinander achtgeben.«

Im Flugzeug zog sie den Sitzgurt fest, um ihre Gefühle unter Kontrolle zu bekommen, und sie schlug eine *Vogue* auf, aber nur um die Augen mit etwas zu beschäftigen. Ein Magazin konnte ihr jetzt nichts sagen.

Als sie in die Park Avenue zurückkam, wartete die Frau des Hausmeisters, eine Lateinamerikanerin, auf sie. Auch Mrs. Peralta war dabei. Clara hatte die Putzfrau gebeten, Gina bei der Bewirtung ihrer Freunde zur Hand zu gehen (und ein Auge auf sie zu haben). Der Liftführer, der auch Pförtner war, hatte sich zu den Damen gesellt; sie bildeten eine kleine Gruppe unter dem Vordach. Die Gehsteige der Park Avenue sind doppelt so breit wie alle anderen, und der Mittelstreifen wurde immer sorgfältig mit den jahreszeitüblichen Blumen bepflanzt. Der Pförtner half Clara noch aus dem Taxi, als die Frauen schon von der großen Fete zu erzählen begannen, die Gina gegeben hatte. »Eine buntgemischte Gesellschaft«, sagte Mrs. Peralta.

»Und die Mädchen?«

»Oh, wir haben aufgepaßt und sie nicht in die Nähe dieser Typen aus East Harlem gelassen. Wir sind hier, weil Mr. Regler angerufen und uns gesagt hat, mit welchem Flugzeug Sie ankommen würden.«

»Darum hatte ich ihn gebeten«, sagte Clara.

»Ich glaube nicht, daß Gina mit so vielen gerechnet hat. Freunde und Freunde von Freunden, von ihrem Freund wahrscheinlich.«

»Freund? Wer ist denn das? Davon höre ich zum erstenmal.«

»Ich habe Marta Elvia geholt, damit sie sich selber ein Bild machen konnte«, sagte Antonia Peralta. Marta Elvia, die Frau des Hausmeisters, war um ein paar Ecken mit Antonia verwandt.

Sie fuhren im Aufzug nach oben. Marta Elvia, die im achten Monat schwanger war und deshalb einen großen Teil des Platzes einnahm, sagte, daß eine schmierige Bande aufgetaucht sei. Es war ein offenes Haus.

»Aber sagen Sie mir doch schnell, wer ist der Freund?« sagte Clara.

Der Mann wurde als jemand von den Westindischen Inseln geschildert; er sprach Französisch, hatte eine dunkle Haut, sah sehr gut aus, wirkte irgendwie »arrogant«, sagte Mrs. Peralta.

»Und wie lang kommt er schon ins Haus?«

»Vielleicht ein paar Wochen.«

Als Clara das Wohnzimmer betrat, war ihr erster Eindruck: Das kann man also damit anstellen. Es muß nicht so genutzt werden, wie ich es tue. Sie hatte den Salon nur für anständigen Umgang vorgesehen.

Die Party war fast vorbei; nur vier oder fünf Paare waren noch übriggeblieben. So wie Clara es schilderte, wirkten die jungen Frauen knallig. »Das Zimmer sah mehr nach einem Wagen der U-Bahn an der West Side aus. Die Jungen sehr muskulös, als wenn sie Aerobic trieben. Und ich war mal in der Lage, den Geruch von Gras zu erkennen, aber bei den neuen Drogen tappe ich völlig im dunkeln. Crack überfordert mich; ich weiß nicht mal, was das ist, geschweige denn, daß ich seine Wirkung beschreiben oder sagen könnte, ob es riecht. Die ganze Szene war für mich wie eine Fata Morgana, wie sie aufgemacht waren. Ginas spezieller Freund, Frederic, war ein gutaussehender Junge, schwarz, und hatte tatsächlich einen reizvollen französischen Akzent. Gina versuchte sich zu benehmen, als wäre nichts gewesen, und es gelang ihr nicht ganz. Ich wollte deshalb keinen Streit mit ihr anfangen. Im hinteren Teil der Wohnung schliefen meine drei Kinder. Bei solchen Gelegenheiten erinnert man sich an seine Geschichtsbücher – wie sich eine Pioniersfrau auf einer indianischen Kriegsfeier verhielt, während ihr Mann unterwegs war. Ich bemühte mich deshalb, die Zeit angenehm verstreichen zu lassen, drehte die Musik etwas zurück, lüftete wegen des Rauchs, und bald ging die Party zu Ende.«

Während Mrs. Peralta aufräumte, hatte Clara ein Gespräch mit Gina Wegmann. Sie sagte, sie habe mit einer kleineren Gruppe gerechnet – ein paar Bekannte, nicht eine zufällige Auswahl von Leuten von der Straße.

»Frederic hat gefragt, ob er ein paar Freunde mitbringen könne.«

Gut, Clara war gern bereit, das schlicht für ein europäisches Mißverständnis von einer Party in New York zu halten – unbekümmerte, musikbegeisterte junge Menschen verschiedener Hautfarbe, die zu Reggae-Musik tanzten. In Wien und anderswo gab es solche Bilder vom amerikanischen Leben im Fernsehen – Amerika der Ort, an dem man aus sich herausgeht.

»Jedenfalls muß ich Ihnen sagen, Gina, daß ich

solche Sachen nicht dulden kann – wie Szenen aus einem schmierigen Tanzfilm.«

»Es tut mir leid, Mrs. Velde.«

»Wo haben Sie Frederic kennengelernt?«

»Über Freunde aus Österreich. Sie arbeiten bei der UNO.«

»Arbeitet er da auch?«

»Habe ich ihn nie gefragt.«

»Und treffen Sie sich oft mit ihm? Sie brauchen nicht zu antworten – ich weiß, daß Sie von ihm fasziniert sind. Sie haben nie gefragt, was er macht? Studiert er nicht?«

»Das Thema kam nie auf.«

Clara dachte, daß, so wie Gina aussah, Ginas Rock hochkam. Clara wußte nur zu gut, wie das war. Wir haben das alle durchgemacht. Was wäre normaler, als an einem fremden Ort exotische Erfahrungen zu sammeln? Warum geht man sonst überhaupt von zu Hause weg?

Clifford, ein Häftling in Attica, schickte Clara immer noch regelmäßig eine Weihnachtskarte. Sie hatte ihn seit fünfundzwanzig Jahren nicht mehr gesehen. Eine andere Verbindung gab es nicht. Seinem Äußeren nach zu urteilen, würde Frederic nicht einmal eine Karte schicken. Generationsunterschiede. Clifford war ein Junge vom Land gewesen.

Wir müssen aufpassen, daß es nicht schlimm ausgeht, sagte sich Clara.

Aber dann müssen wir auch in Erfahrung bringen, welcher Typ Gina eigentlich ist, dachte sie. Was in ihr vorgeht, und ob das alles ist, was sie will. Ich hätte sie nicht für eine Anmacherin in Hotpants gehalten.

»Ich nehme an, in Wien macht man das anders«, sagte Clara. »Und was das Mitbringen von Fremden ins Haus angeht...«

»Nein. Aber schließlich sind Sie auch sehr freundschaftlich zu der farbigen Dame, die hier arbeitet.«

»Mrs. Peralta ist keine Fremde.«

»An Thanksgiving bringt sie ihre Kinder mit, und sie essen mit den Mädchen am selben Tisch.«

»Und warum nicht? Aber ich kann schon verstehen«, sagte Clara, »daß das eine Art des Vermischens ist, die jemand verwirren muß, der zum ersten Mal aus Europa hierherkommt. Mein Mann und ich sind keine Raschisten...« (Diese Form der Aussprache konnte Clara nicht ändern.) »Jedenfalls ist Mrs. Peralta ein vertrauenswürdiges Mitglied dieses Haushalts.«

»Während Frederics Freunde womöglich stehlen...?«

»Ich habe keinen beschuldigt. Aber trotzdem können Sie für keinen bürgen. Sie haben sie ja selber erst kennengelernt. Und sind Ihnen die Sicherheitsvorkehrungen nicht aufgefallen – die Türen, der Türöffner, daß jeder Besucher überprüft wird?«

Gina sagte ruhig und mit leiser Stimme: »Habe ich bemerkt. Ich dachte, sie gelten nicht für mich.«

Für sie nicht. An Frederic hatte Gina dabei nicht gedacht. Und sie konnte auch nicht zulassen, daß er

argwöhnisch betrachtet würde. Clara gab ihr eine gute Note für Loyalität. Zehn auf einer Zehnerskala, dachte sie und fühlte mit Gina. »Es ist keine Frage der Hautfarbe. Die Firma, für die ich arbeite, hat sogar ihre Investitionen in Südafrika abgezogen.« Das war kein besonders starkes Argument. Für Clara war Südafrika etwa so nahe wie Xanadu. Aber sie sagte sich, daß sie sich in Absurditäten verlören und daß das, was sie und Gina einander erzählten, reiner Quatsch war. Das Mädchen war mit der Absicht nach New York gefahren, Kontakt zu Kerlen wie Frederic zu bekommen, und soviel war da nicht zu lernen. Es handelte sich hier schlicht um einen Vorfall, und nicht einmal um einen guten. Nur ein Haufen Aufregung und Ärger. Dann machte sie sich in Gedanken eine Notiz, daß sie das alles mit Ithiel durchsprechen und auch seine Meinung zum Abziehen der Investitionen einholen würde.
»Schön«, sagte sie, »ich werde leider die Größe der Gruppe beschränken müssen, die Sie einladen können.«
Das Mädchen nickte. Das klang vernünftig. Es war nicht zu leugnen.
Kein Schelten mehr. Und eine Mischung aus Entschlossenheit und Sorge für das Mädchen. Wenn sie sie wegschicken müßte, würden die Kinder weinen. Und ich selber würde sie vermissen, mußte Clara zugeben. Sie stand also auf (Herrin beendet ein unangenehmes Gespräch – so sah es Clara; sie merkte, daß sie sich inzwischen auf gewisse Posen der

»Dame des Hauses« verließ). Als Gina in ihr Zimmer gegangen war, ließ Clara prüfend ihren Blick schweifen: der Jensen-Aschenbecher, der silberne Brieföffner, der Nippes auf dem Kaminsims; und zum x-ten Mal wünschte sie sich jemanden, der ihr einen Teil der Lasten abgenommen hätte. Wilder war da keine Hilfe. Selbst wenn er fünfzig Aufträge für Reden bekäme, käme er nicht auf das Geld, das er durch den Kauf von Bergbauaktien verloren hatte – Homestake und Sunshine. Angeblich boten kostbare Metalle Sicherheit, aber es ließ sich immer weniger Kapital aus der immer weiter schrumpfenden Sicherheit schöpfen.

Nachdem sie alles überprüft hatte, unterhielt sich Clara mit Antonia Peralta, bevor diese den lauten Staubsauger anwarf. Wie oft war Ginas junger Mann in der Wohnung gewesen? Antonia stach sich mit steifem Finger in die Wange, was heißen sollte, daß größte Vorsicht geboten war. Ihre Botschaft lautete: »Sie können sich auf mich verlassen, Mrs. Velde.« Ja, sie gehörte einer ziemlich gewieften Subkultur an. Sie beide, sie und Marta Elvia, würden den Laden observieren. Über Gina Wegmann selber äußerte sich Antonia Peralta nicht. Aber sie war auch nicht immer da, hatte freie Tage. Und außerdem hatte Antonia nicht unter dem Bett saubergemacht. Und wenn sie gründlich gewesen wäre, dann *hätte* sie den verschwundenen Ring gefunden. Und wenn, hätte sie ihn ihr dann auch gegeben? Sie war eine ehrliche Frau, soweit Clara erkennen konnte, aber es gab wahrscheinlich bestimmte Winkel, die ihrer Erkenntnis verschlossen blieben. Die Versicherung hatte gezahlt, und Clara wäre auch nicht besser dran gewesen, wenn Antonia heimlich einen verlorenen Gegenstand eingesteckt hätte. Nein, die Spanierinnen waren schon ehrlich. Marta Elvia war gebunden, dreifach überprüft, und Antonia Peralta hatte nie auch nur ein Taschentuch mitgehen lassen.

»In meinem eigenen Haus«, würde Clara später erklären, »habe ich etwas dagegen, Wertgegenstände wegzuschließen. Ein Haus ohne grundsätzliches Vertrauen ist für mich kein Haus. Ich kann nicht wie eine Französin oder Italienerin mit einem großen Schlüsselbund herumlaufen. Andere Frauen haben mir erzählt, daß sie nachts nicht schlafen könnten, wenn ihr Schmuck nicht weggeschlossen ist. *Ich* könnte nicht schlafen, wenn er es wäre.«

Zu Gina sagte sie: »Ich möchte, daß Sie mir versprechen, daß nichts Unangenehmes passiert.« Sie mußte das eindeutig klarstellen, obwohl sie wußte, daß sie damit notgedrungen kränkend wurde.

Gina war nicht hochmütig, sie benahm sich nicht daneben. Sie sagte nur: »Wollen Sie mir damit sagen, daß ich mich hier nicht mit Frederic treffen soll?«

Claras Reaktion war: Besser hier als *dort*. Sie versuchte sich vorzustellen, wie Frederics Bude aussah. Schwierig war das nicht. Schließlich war sie selber eine junge Frau in New York gewesen. Gina gab ihr einen Vorgeschmack auf das, was sie zu erwarten hatte, wenn ihre eigenen Mädchen größer wurden.

Es sei denn, der Himmel selber verkündete, daß es mit der Stadt von Gog und Magog so weit gekommen war, daß der Untergang fällig sei – Zeit, das Küstenniveau zu senken und den Atlantik hereinzuschicken, um sie wegzuspülen. Keine Möglichkeit, auf die man sich hätte verlassen können.

»Nein, ganz und gar nicht«, sagte Clara. »Ich möchte Sie aber bitten, die gesamte Verantwortung zu übernehmen, wenn Antonia frei hat.«

»Sie wollen nicht, daß Frederic hier ist, wenn ich die Kinder habe?«

»Genau.«

»Er würde ihnen nichts tun.«

Clara sah sich nicht in der Lage, mehr dazu zu sagen. Sie sprach mit Ms. Wong darüber, als sie nach der Arbeit auf einen kleinen Drink bei ihr vorbeischaute, eine Verschnaufpause auf dem Nachhauseweg. Ms. Wong hatte ein für die Gegend ungewöhnlich möbliertes Apartment an der Madison Avenue, skandinavisches Design ohne jede Spur von Orient bis auf ein paar fichtenholzgerahmte chinesische Drucke. Clara hielt ihren gekühlten Scotch in einer feuchter werdenden Papierserviette und sagte: »Ich möchte auf keinen Fall diejenige sein, die diesem Mädchen Vorschriften aufzwingt. Ich mag sie bei weitem lieber, als es mir eigentlich recht sein kann.«

»Identifizierst du dich so sehr mit ihr?«

»Sie muß natürlich noch lernen«, sagte Clara. »Genau wie ich damals. Und ich halte nicht viel von erwachsenen Frauen, die diesem Lernprozeß ausgewichen sind. Doch manchmal ist die Schule, in die wir geschickt werden, zu hart.«

»Meinst du *jetzt*...«

»Nein, sie verlangt einem jungen Mädchen zuviel ab.«

»Du denkst an drei Töchter«, sagte Ms. Wong und traf ins Schwarze.

»Ich denke über die Tatsache nach, daß man zwanzig Jahre leben muß, ehe man begreift – vielleicht begreift –, was bewahrt werden sollte.«

Wenig zufrieden über ihren Besuch bei Laura (es war so typisch *New York*!), ging sie nach Hause, wo ihr Mrs. Peralta erzählte, daß sie Gina und Frederic auf dem Sofa im Wohnzimmer ausgestreckt gefunden hatte. Und bei was? Ach, nur Petting, aber der junge Mann hatte die Seidenkissen unter seinen Springerstiefeln. Clara begriff, was Antonia aufregte. Der junge Mann demütigte die Veldes und ihre feinen Polster durch sein Herumflezen und arrogantes Benehmen. Und vielleicht war es nicht einmal das. Er hatte womöglich noch nicht einmal *diesen* Grad absichtlichen Beleidigens erreicht.

»Sie werden mit dem Mädchen sprechen?«

»Ich glaube nicht. Nein«, sagte Clara und riskierte damit, in Mrs. Peraltas Augen einer von diesen verachtenswerten Amerikanern zu werden, einer von denen, die sich in ihrem eigenen Haus überfallen ließen. Hauptsächlich für sich selber versuchte Clara zu erklären: »Lieber ertrage ich ihn hier, als daß ich das Mädchen in seine Bude gehen lasse.« Sie hatte das

kaum ausgesprochen, als sie auch schon mit tödlicher Sicherheit wußte, daß Gina durch nichts in der Welt davon abzuhalten war, an beiden Orten zu tun, wonach ihnen war. Sie hätte zu Gina sagen können: »Möglichst viel von New York genießen – deshalb dieses unwienerische Verhalten. Im Salon Ihrer Mutter liegen Sie nicht unter irgendwelchen Jungs.« »Land der unbegrenzten Möglichkeiten«, hätte sie sagen können, aber sie sagte es nur zu sich, nachdem sie die ganze Sache in Gedanken durchgegangen war, für sich in einer tranceähnlichen Bewegungslosigkeit nachgedacht und mit der Zungenspitze die Mitte der Oberlippe befeuchtet hatte. Warum trocknete sie gerade in der Mitte so aus? Manchmal passierte das, wenn sie sich sexuelle Dinge vorstellte. Sie war nicht neidisch auf Gina; die Frau, die Ms. Wong derart intime Mitteilungen über ihr Sexualleben gemacht hatte, brauchte niemanden zu beneiden. Nein, sie war nur neugierig bei diesem hübschen, rundlichen Mädchen. Sie spürte, daß sie sehr empfindsam war. *Wie* empfindsam sie war, das wollte Clara herauszufinden versuchen, als sie so bewegungslos wurde.
Und deshalb schloß sie die Augen kurz und nickte, als sich Marta Elvia, die manchmal im Flur auf sie wartete, mit ihrem schwangeren Bauch heranschob, um sagen zu können, daß Frederic gegen ein Uhr gekommen und kurz bevor Mrs. Velde zurückerwartet wurde, das Haus verlassen hatte.
(Von vorn betrachtet, besaß Claras Gesicht eine gewisse Unregelmäßigkeit. Wenn man ihr Profil

betrachtete, begann man zu überlegen, welcher flämische Meister sie am besten gemalt hätte.)
»Danke, Marta Elvia«, sagte sie. »Ich habe die Sache im Griff.«
Sie hätte sich da nicht so sicher sein sollen. Denn genau an diesem Abend, als sie sich gerade zum Essen umzog – eine alljährlich fällige Geschichte in der Firma – und vor dem langen Spiegel in ihrem Zimmer stand, wußte sie plötzlich, daß ihr Ring gestohlen war. Sie bewahrte ihn in der – natürlich unverschlossenen – obersten Schublade ihres Toilettentisches auf. Er gehörte in eine Schale, die ihr Jean-Claude vor vielen Jahren geschenkt hatte. Der junge Franzose, den sie sich leichtsinnig im Zorn vorübergehend als Ersatzmann für Ithiel gesucht hatte, hatte das Geschenk ein *vide-poches* genannt. Beim Schlafengehen leerte man seine Taschen dort hinein. Die Schale war für Männer gedacht; Frauen brauchten derlei Gegenstände nicht; aber es war eins dieser Andenken, von denen sich Clara nicht trennen mochte – in einer Schachtel hatte sie auch Valentinskarten aus der Schulzeit aufgehoben. Natürlich sah sie in die Schale. Der Ring war nicht da. Sie hatte ihn auch nicht dort erwartet. Sie hatte nichts erwartet. Sie sagte, die plötzliche Gewißheit, daß er fort war, sei wie der Tod über sie gekommen, und sie habe sich gefühlt, als würde das Leben aus ihr herausgesaugt. Wilder, bereits in Abendgarderobe, las in einer Ekke, wo ihn das rückwärtige Ende des Flügels verbarg, einen seiner Thriller. Mit dem entschlossenen,

ungerührten Blick einer Frau, die es gewohnt ist, Entscheidungen zu treffen, ging Clara in die Küche, wo die Kinder beim Essen saßen. Unter Ginas Einfluß benahmen sie sich so gut bei Tisch. »Kann ich Sie einen Moment sprechen?« sagte Clara, und Gina stand sofort auf und folgte ihr ins Elternschlafzimmer. Dort schloß Clara beide Türen und sagte, während sie den Kopf senkte, so daß sie Gina prüfend in die Augen zu sehen schien: »Gina, es ist was passiert. Mein Ring ist verschwunden.«
»Sie meinen den Smaragdring, der verlorenging und sich wiederfand? Oh, Mrs. Velde, das tut mir leid. Ist er wirklich verschwunden? Sie haben sicher danach gesucht. Hat Ihnen Mr. Velde geholfen?«
»Ich habe es ihm noch nicht gesagt.«
»Dann suchen wir doch gemeinsam.«
»Ja, suchen wir. Aber er befindet sich immer am selben Platz, in diesem Zimmer. In dieser obersten Schublade unter meinen Strümpfen. Seit ich ihn wiedergefunden habe, bin ich besonders vorsichtig gewesen. Natürlich möchte ich auch den Langflorteppich absuchen, auf dem Boden herumkriechen, um den Ring aufzustöbern. Aber ich müßte erst dieses enge Kleid ausziehen, um mich hinknien zu können. Und meine Haare sind schon für den Abend hergerichtet.«
Gina durchkämmte gebückt den Teppich in der Nähe des Toilettentisches. Clara blieb stumm, ließ sie suchen, starrte mit weit aufgerissenen Augen nach unten, der Mund streng. Schließlich sagte sie:

»Es ist sinnlos.« Sie hatte Gina nur der Form halber suchen lassen.
»Sollen Sie es nicht vielleicht der Polizei melden?«
»Das werde ich nicht tun«, sagte Clara. Sie war nicht so dumm, der jungen Frau die Sache mit der Versicherung zu erzählen. »Vielleicht fühlen Sie sich ohne Polizei wohler.«
»Mrs. Velde, meiner Meinung nach hätten Sie Ihre Wertsachen wegschließen sollen.«
»In meinem eigenen Haus sollte ich nicht dazu gezwungen sein.«
»Aber es gibt ja noch andere Leute.«
»Ich denke, Gina, daß eine Frau in ihrem eigenen Schlafzimmer das Recht hat... daß eine Frau *selber* entscheidet, wer hereinkommt. Ich habe unmißverständlich erklärt, welche Regeln hier gelten. Ich würde für Sie bürgen, und Sie müssen für Ihren Freund bürgen.«
Gina war fassungslos. Beide Frauen zitterten. Am Ende, dachte Clara, läßt sich ein Mensch doch mit drei, vier Strichen skizzieren, wenn aber einmal die Augenhöhlen leer sind, vermag auch noch soviel Einfallsreichtum sie nicht wieder zu füllen. Weder ihre braunen noch meine blauen.
»Ich verstehe«, sagte Gina mit einer Miene, die zeigte, daß sie sich von einer Frau gedemütigt fühlte, auf deren Güte sie vertraut hatte. »Sind Sie sicher, daß der Ring nicht wieder verlegt wurde?«
»Sind *Sie* sicher...?« antwortete Clara. »Und versetzen Sie sich einmal in meine Lage. Das war ein

Verlobungsring von einem Mann, der mich geliebt hat. Es handelt sich um mehr als nur einen Gegenstand, der x Dollar wert ist. Er ist auch eine Überlebenshilfe, meine Liebe.« Sie wollte gerade sagen, daß er so etwas wie ihr existentieller Halt war, aber sie wollte nicht ihre Angst vor dem völligen Kontrollverlust zugeben, oder daß ihr ein Schrei entfuhr. Statt dessen sagte sie: »Gestern war der Ring noch da. Und eine Person, die ich nicht kenne, spaziert im Haus herum und kommt – warum nicht? – in mein Zimmer...«

»Warum sprechen Sie es nicht aus?« sagte Gina.

»Ich wäre dumm, wenn ich es nicht täte. Und ein Trottel, wenn ich hier zu feinfühlig wäre. Frederic war den ganzen Nachmittag hier. Arbeitet er irgendwo?«

Das Mädchen konnte darauf keine Antwort geben.

»Das können Sie nicht sagen. Aber Sie glauben nicht, daß er ein Dieb ist. Sie können sich nicht vorstellen, daß er Sie in eine solche Lage bringt. Und erzählen Sie mir bloß nichts davon, daß er wegen seiner Hautfarbe angeklagt wird.«

»Das habe ich nicht versucht. Aber die Leute sind tatsächlich gemein zu den Haitianern.«

»Sie gehen besser zu ihm und sprechen mit ihm. Wenn er den Ring hat, sagen Sie ihm, daß er ihn zurückgeben muß. Ich erwarte, daß Sie ihn bis morgen beibringen. Marta Elvia kann auf die Kinder aufpassen, wenn Sie heute abend weggehen müssen. Wo lebt er?«

»128th Street.«
»Und Telephon? Sie können dort nach dem Dunkelwerden nicht mehr allein hin. Nicht einmal am Tag. Nicht allein. Und wo treibt er sich rum? Ich kann Antonias Mann bitten, Sie im Taxi dort hin zu bringen... Jetzt kommt Wilder über den Flur, und ich muß gehen.«
»Ich warte hier auf die Hausmeisterin.«
»Auf Marta Elvia. Ich spreche mit ihr beim Hinausgehen. *Sie* würden nicht stehlen, Gina. Und Mrs. Peralta kommt seit acht Jahren, ohne daß je ein Kaffeelöffel gefehlt hätte.«
Später machte sich Clara Vorwürfe: Was habe ich dem Mädchen nur angetan, sie nach Harlem geschickt, wo sie vergewaltigt oder umgebracht werden könnte, nur wegen meines verfluchten Rings, der verkommenste Teil der Stadt in der verflucht finstersten Nacht, völlig durchgedreht (darauf läuft es doch hinaus) wegen Ithiel, der vor zwanzig Jahren Schiß hatte, mich zu heiraten! Jemand, der mit beiden Beinen im Leben steht, weiß, wie man Verluste klein hält, läßt sich nicht das ganze Leben von einer einzigen Sehnsucht bis zum Ende bestimmen, weil sich unter allem die Häßlichkeit dieses einen Komplexes versteckt. Vier Ehemänner und drei Kinder haben mich nicht von Ithiel geheilt. Und dann läßt mich dieses Liebesspielzeug, dieser Smaragd, diese persönliche Sentimentalität wie eine Irre auf dieses österreichische Kind losgehen. Sie denkt vielleicht, daß ich ihr die Aufregung wegen ihrer Romanze mit

diesem widerlichen Jungfrauenbumser verüble, der sie als Deckung benutzte, um ins Haus zu gelangen, und ihr jetzt den Diebstahl anhängt.
Dennoch verfügte Clara über feste Grundsätze, was ihre häusliche und ihre mütterliche Verantwortung anging. Sie war bereits zu weit gegangen, als sie Gina erlaubt hatte, Frederic mit in die Wohnung zu bringen und alles mit sexueller Erregung zu besprühen. Und jetzt, wie sich herausstellte, sogar in ein Verbrechen zu verwickeln. Ein Flirt in den USA war genau das richtige für eine junge Frau aus dem bourgeoisen Wien – wie für den armen russischen Hippie, den Diplomatensohn, der sich in Mick Jagger verliebte. »Sagt Mick Jagger auf Wiedersehen«, sagte er, als er das Flugzeug bestieg. Diese Stadt war das Zentrum, das Symbol der weltweiten Jugendrevolte geworden.
Im Lauf des Firmenessens bekam Clara einen ihrer heimtückischen Migräneanfälle, und ein so auffallender Kopf wie der ihre, der einen Tisch beherrschte, steckte jeden an, als er zu schmerzen begann, so daß die ganze Gesellschaft aufstand, als sie sich erhob und hinausstürzte. Die Veldes fuhren sofort nach Hause. Nachdem sie eine Handvoll weißer Pillen aus dem Medizinschränkchen geschluckt hatte, ging Clara gleich in Ginas Zimmer. Zu ihrer Erleichterung war das Mädchen da, im Bett. Die Leselampe war eingeschaltet, sie las aber nicht, saß nur einfach mit gefalteten Händen da, dachte nach.

»Ich bin froh, daß Sie nicht nach Harlem gefahren sind.«
»Ich habe Frederic am Telephon erreicht. Er war bei UN-Freunden von uns.«
»Und Sie werden sich morgen treffen...?«
»Ich habe den Ring nicht erwähnt. Aber ich habe mich darauf eingestellt auszuziehen. Sie haben mir gesagt, ich müßte den Ring zurückbringen oder ausziehen.«
»Aber wohin denn...!« Clara war ehrlich überrascht. Als nächstes nahm sie das braune Starren des Mädchens wahr, die ungewöhnliche Entschlossenheit im Blick. Ungeweinte Tränen brachten sie um. »Aber wenn Frederic den Ring zurückgibt, bleiben Sie.« Während sie noch sprach, merkte Clara, wie dumm sich das anhörte. Es war das angeborene Bäurische in ihr, das sie so etwas sagen ließ. Der Kerl würde den Diebstahl leugnen, und wenn er ihn möglicherweise zugab, würde er doch den Ring nicht wieder rausrücken. Genau in diesem Moment bekam er vielleicht tausend Dollar dafür. Diese Leute kamen aus den tropischen Slums, um New York zu leimen, und wo wie überall die Gesetze an Strenge verloren, so daß keiner mehr für irgend etwas die richtigen Maßstäbe hatte, gelang ihnen das auch. Übriggeblieben war nur das Eigentumsrecht. Mord stand an zweiter Stelle. Ein gestohlener Ring. Eine Leiche als Erklärung. Das waren die einzigen allgemeingültigen Gesetze, und nur wenige andere wurden anerkannt. Wo also hin mit der Liebe? Liebe gab

es unten in den Katakomben, und diese Katakomben waren die persönlichen Neurosen von Frauen wie ihr.
Wie eine heimliche Geliebte zur anderen sagte sie zu Gina: »Was werden Sie machen?«
Ohne das geringste Ressentiment, ohne die Spur einer Anklage in der Stimme sagte Gina: »Das kann ich nicht sagen. Ich hatte nur ein paar Stunden zum Nachdenken. Es gibt verschiedene Möglichkeiten.«
Sie würde zu ihrem Haitianer ziehen, vermutete Clara, aller Wahrscheinlichkeit nach. Aber das konnte man nicht aussprechen. Clara war dabei, Beherrschung zu lernen. Man *sagte* nicht alles. »Entdecke das Schweigen«, stellte sie sich selber als Aufgabe.

Als sie am nächsten Tag schnell im Taxi von der Arbeit nach Hause kam, paßte Marta Elvia auf die Kinder auf. Clara hatte sich bereits an eine Agentur gewandt, und morgen sollte ein neues Mädchen kommen. Mehr war in der kurzen Zeit nicht möglich gewesen. Lucy war erwartungsgemäß völlig durcheinander, und Clara nahm sie beiseite, um ihr einiges zu erklären. Sie sagte: »Gina mußte plötzlich weg. Ein Notfall. Sie wollte gar nicht. Sobald es ihr möglich ist, kommt sie wieder zurück. *Du* bist nicht schuld daran.« Wie verstört Lucy war, ließ sich nicht sagen. Sie war stumm, stoisch.
Clara hatte die Szene vorher am Telephon mit Dr. Gladstone, ihrem Psychiater, geprobt.

»Wenn die Eltern arbeiten«, sagte sie zu Lucy, »entstehen diese Probleme einfach.«

»Aber Daddy arbeitet doch gerade nicht.«

Das mußt du mir sagen! dachte Clara. Er bereitete die nächsten Vorwahlen in New Hampshire vor.

So bald wie möglich suchte sie Dr. Gladstone auf. Er würde demnächst wieder Urlaub machen und dann drei Wochen weg sein. Bei der letzten Sitzung hatten sie über seine Abwesenheit gesprochen. Im Wartezimmer studierte sie die Notizen, die sie vorbereitet hatte: Wo ist Gina? Wie kann ich sie finden, ihr auf der Spur bleiben? Sie schützen?

Dr. Gladstone gegenüber gab sie zu, daß sie wegen des anderen Verlustes, des Diebstahls, in einem Zustand war, der an Hysterie grenzte. Sie merkte, daß ihre Stabilität völlig von dem Ring abhing. Eine Abhängigkeit wie diese machte einem angst. Er fragte sie, wie sie das sah und welche Rolle Ithiel dabei spielte. Sie sagte: »Die Männer, die ich kennenlerne, scheinen keine richtigen Menschen zu sein. Keiner stellt etwas dar. Vielleicht gibt es auch mehr, als ich gesehen habe. Ich will nicht die Hälfte unserer Artgenossen abschreiben. Und vielleicht hat die jahrelange geballte Sehnsucht mein Urteil beeinträchtigt. Jedenfalls scheint mir das, was einen Mann ausmacht, durch Ithiel definiert. Außerdem bin ich *sein* treuester Freund, und er weiß das auch und reagiert seinerseits emotional.«

Unwillkürlich verfiel Clara in Dr. Gladstones Art zu reden. Zu sich selber hätte sie nie »reagiert emotional« gesagt. Die Sitzungen waren kurz, deshalb übernahm sie seinen Jargon, um Zeit zu sparen, lief damit allerdings Gefahr, das Falsche zu sagen. Voller Hoffnung kam sie her, nichts sollte unversucht bleiben, doch wenn sie Dr. Gladstone ansah, ihn mit aller Kraft ansah, konnte sie das Vertrauen, das sie in den Samuraibart, die gebleckten Zähne, die er einrahmte, die großen modischen Brillengläser und seine oft unbegründete wissenschaftliche Zuversicht setzen sollte, nicht rechtfertigen. Doch hätte es fast ein ganzes Jahr gebraucht, um einen neuen Arzt wenigstens in Umrissen mit ihrem Fall vertraut zu machen. Sie war auf diesen Arzt angewiesen.

»Und ich mache mir große Sorgen wegen Gina. Wie finde ich heraus, was mit ihr passiert? Soll ich einen Privatdetektiv engagieren? Wie überlebt ein solches Mädchen in Spanish Harlem? Unmöglich.«

»Ein teurer Vorschlag«, sagte Dr. Gladstone. »Denken Sie an weitere Alternativen?«

»Wilder unternimmt nicht das geringste. *Er* könnte doch den Fall übernehmen. Sie beschatten, praktischen Nutzen aus den Thrillern ziehen, die er gelesen hat. Aber er verhandelt mit irgendeinem aussichtslosen Waschlappen, der ins Weiße Haus will.«

»Lassen Sie uns zu dem Diebstahl zurückkehren, falls es einer ist.«

»Das *muß* einer sein. Ich habe den Ring nicht wieder verlegt.«

»Dennoch haben Sie sich seinetwegen jeden Tag Sorgen gemacht. Warum war er Ihnen so wichtig?«

»Was habe ich gesagt, als wir zuletzt darüber sprachen? Ich habe die Versicherung betrogen, hatte den Ring *und* das Geld. Man kann das ein White-collar-Verbrechen nennen. All das machte meinen Smaragd noch wichtiger, aber nie hätte ich mir träumen lassen, daß mich der Verlust dermaßen erschüttern würde.«

»Ich kann mit einem Zufall dienen«, sagte der Doktor. »Jetzt, wo es Ihnen schlechtgeht, fahre ich in Urlaub. Meine Unterstützung wird entzogen. Und ich heiße Glad*stone*. Nehmen Sie den Verlust vielleicht deshalb so schwer?«

Völlig entgeistert starrte sie ihm direkt ins Gesicht, verzichtete auf allen Anstand. »Sie sind vielleicht ein Stein, aber bestimmt kein sehr edler.«

Als sie in ihr Büro zurückgekehrt war, rief sie Ithiel an, ihren einzigen verläßlichen Ratgeber, um mit ihm alles durchzusprechen.

»Ach, wenn du nur nach New York kommen könntest«, sagte sie. »Wenn es besonders schlimm war, habe ich immer Steinsalz besucht.«

»Sein Tod war auch für mich ein großer Verlust.«

»Er nahm immer soviel Anteil. Nur daß er einem kein Geld lieh. Er lud einen zum Essen ein, lieh einem aber nie auch nur einen Cent. Aber er hat zugehört.«

»Zufällig«, sagte Ithiel (wenn er geschäftlich wurde, schlich sich eine brüchige Entschiedenheit in seine Stimme), »bin ich am kommenden Dienstag in New York mit jemandem zum Mittagessen verabredet.«

»Gut, dann sagen wir um halb vier.«
Ihr üblicher Treffpunkt war die St.-Patrick's-Kathedrale. Zentral, in der Nähe von Claras Büro gelegen, bot sie bei schlechtem Wetter Schutz. »Wie ein Briefkasten für Geheimagenten«, sagte Ithiel. Sie verließen die Kathedrale und gingen direkt zum Helmsley Palace. Zu dieser frühen Stunde war an der Bar noch ein ruhiges Plätzchen zu finden. »Das geht auf meine Goldene Karte«, sagte Clara. »Wie siehst du denn eigentlich aus – wie eine Mischung aus einem spanischen Granden und einem Mennoniten.«
Dann spulte sie mit Manager-Geschwindigkeit die wesentlichen Fakten herunter.
»Wie schätzt du Frederic ein – ein Gelegenheitsdieb oder ein Profi?«
»Ich glaube, er improvisiert«, sagte Clara. »Rauschgift? Gut möglich.«
»Du könntest seine Akte bei der Polizei einsehen, wenn's eine gibt. Dann erkundige dich beim österreichischen Konsulat nach ihr. Ruf auf keinen Fall ihre Eltern in Wien an.«
»Ich wußte, daß mir ein Gespräch mit dir guttun würde. Aber jetzt sag... der Ring.«
»Fort, würde ich sagen. Schreib ihn ab.«
»Ich fürchte, das muß ich. Ich habe mein Herz an ihn gehängt, und jetzt schau mal, welchen Ärger er mir eingebracht hat. Er ist unersetzlich. Diese Luxusbar beispielsweise paßt weder zu dir noch zu mir. Tief in mir drin sind du und ich so nackt wie Adam und Eva.

Ich will damit auf nichts anspielen. Das ist keine erotische Anspielung, nur ein Lächeln.«
Wenn sie so redete und ihre Wildheit andeutungsweise verriet, zwang sie ihn zum Ernst. Sie konnte sehen, wie er sich mit seinem klugen Kopf auf ihre Schwierigkeiten einstellte, wie jemand, der von außen sein Gesicht an die Fensterscheibe drückte, um zu sehen, was drinnen vor sich geht.
Sie konnte sich denken, daß er auf die Managerin Clara baute, damit die über die subjektive Clara Oberhand gewann. Sie verfügte ja über die Fähigkeit, ihr Haus in Ordnung zu bringen. Und doch war seine Sympathie für die subjektive, die private Clara sehr groß. Wenn man bedachte, wie viel größer der Aufruhr in ihr war, hatte sie es besser gemacht als er. Ihr Leben war stimmiger als seins.
»Für ein paar hundert Dollar wirst du ja wohl herausfinden können, wo das Mädchen steckt.«
»Los, erzähl! Ich kann verstehen, warum sich General Haig und diese Leute an dich wenden, daß du die Iraner oder die Russen analysierst. Übrigens fand dich Wilder vorletzte Woche in der Fernsehdiskussion mit Dobrynin großartig.«
Wenn Ithiel lächelte, waren seine Zähne so gut, daß man Hollywood-Zahntechnik vermutete, aber es waren noch immer seine eigenen.
»Dobrynin besitzt eine ganz simple Genialität. Er überzeugt die Amerikaner davon, daß die Russen genau wie sie sind. Manchmal führt er sich wie der Ehrensenator eines einundfünfzigsten, eines russi-

schen Bundesstaates auf. Nur ein leichter Akzent, aber den haben die Jungs aus den Südstaaten auch. Damit hat er uns Gorbatschow verkauft, und Gorbatschow betört die ganzen USA. Die danach lechzen, betört zu werden. Oder betrogen, wenn dir das lieber ist.«

»Wie ich in gewisser Weise mit dem Menschenpaar.«

»Du hast viel Ähnlichkeit mit diesem Mädchen.«

»Sehr viel. Es wäre keine Kunst, sie als wohlerzogenes Kind abzuqualifizieren, das Geschmack an primitivem Sex hat. Auch da eine Ähnlichkeit. Schade, daß du sie nicht selber sehen kannst. Mich würde deine Meinung interessieren.«

»Sie ist also nicht wie du?«

»Das hoffe ich nicht.« Clara machte eine Bewegung, als wollte sie sagen: Vergiß dieses Helmsley-Palace-Ambiente und hör mir zu. »Vergiß nicht meine beiden Selbstmordversuche. Ich habe einen Schuß Wildheit in meiner Mischung, mein ganzes Gefühl für...«

»...fürs Leben...«

»Hör zu. Du hast ja keine Ahnung, wie wild und wie durcheinander dieses Gefühl ist oder über welche Bereiche es sich erstreckt. Es reicht bis in den Tod hinüber. Wenn ich vor Erregung trunken bin – und es ist, wie wenn man betrunken ist –, gibt es nur einen Impuls in mir, den Todesimpuls. Er drängt mich dazu, nach dem Tod zu verlangen. Er sagt: Warum warten? Wenn ich so erregt bin, kann mich das Leben nicht mehr zurückhalten. Das ist das

innere Grauen dabei. Und jetzt wirst du mich daran erinnern, daß ich die Mutter von drei Kindern bin.«
»Genau das wollte ich gerade tun.«
»Niemand auf der ganzen Welt außer dir würde ich so etwas erzählen. Du bist das einzige menschliche Wesen, zu dem ich volles Vertrauen habe. Und auch du hast keine Geheimnisse vor mir. Was du mir nicht selber eingestanden hast, habe ich allein herausgefunden.«
»Das kann man wohl sagen, Clara.«
»Aber wir werden nie Mann und Frau sein. Nein, nein, du mußt nichts sagen. Du liebst mich, aber alles andere spricht dagegen. Das ist eines der verfluchten Paradoxa, die ertragen sein wollen. Dazu gibt es vielleicht sogar eine Parallele auf deinem Gebiet, in der Politik. Wir verfügen über die Macht, uns selber zu zerstören, vielleicht auch über die Sehnsucht, und wir halten uns dadurch in dauernder Spannung – warten. Ist das nicht auch wild? Du könntest *mir* davon erzählen. Du bist der Experte. Du wirst das Buch der Bücher darüber schreiben.«
»Jetzt machst du dich über mich lustig.«
»Nein, Ithiel. Wenn es wirklich das Buch der Bücher über dieses Thema ist, dann sollte es auch geschrieben werden. Du bist womöglich der Mann, der es schreiben könnte, und das meine ich ernst. Bei *mir* wäre es komisch. Stell dir eine große Odaliske vor, nackt und schön. Und jetzt stell sie dir mit Brille vor und wie sie auf einem Brett über den Knien Bücher schreibt.«

Sie lächelten sich kurz über den Tisch hinweg an.
»Aber ich möchte auf Gina zurückkommen«, sagte Clara. »Du wirst sehen, daß ich ein zuverlässiger Detektiv sein kann, der Frederic und alles andere findet. Ich bezweifle, ob sie so ist wie ich, außer daß auch sie mit dem Risiko spielt. Doch als ich ihr erzählte, daß ich den Ring von einem Mann bekommen habe, der mich liebte, schlug das ein. Nicht gesagt habe ich allerdings, daß ich dir schwer zugesetzt habe, ihn mir zu schenken. Streite es nicht ab. Ich habe dich in die Mangel genommen. Dann wurde er ein sentimentales Andenken für mich. Dann kam ich darauf, daß du mich weiter liebtest, *weil* wir nicht geheiratet hatten. Und jetzt der Ring... Das Mädchen begreift das mit dem Ring. Daß er mit Liebe zu tun hat.«
Teddy war gerührt und schaute weg. Er war noch nicht soweit – würde es vielleicht nie sein –, darüber hinauszugehen. Nein, sie würden nie Mann und Frau sein. Dann standen sie auf und küßten sich zum Abschied wie Freunde.
»Du besorgst mir einen Detektiv, der nicht ganz so schlimm... möglichst nicht allzu schäbig ist?«
»Ich schicke ihn dir ins Büro, damit du ihn dir ansehen kannst.«
»Auch bei dir müßten ein paar Sachen in Ordnung gebracht werden«, sagte Clara. »Diese Francine hat dich in einem üblen Zustand zurückgelassen. Du hast wieder diesen düsteren Blick, wie immer, wenn dir etwas schwer zu schaffen macht.«

»Ist das der Mennonit, den du meintest?«
»In Indiana gab's massenweise Mennoniten. Und ich weiß genau, daß ich heute der einzige Geschäftstermin war, den du in New York hattest.«

Innerhalb von zehn Tagen hatte sie Ginas Adresse – eine Wohnung im dritten Stock ohne Aufzug in der East 128th Street, c/o F. Vigneron. Sie bekam auch eine Telephonnummer. Anrufen? Nein, sie würde noch nicht mit ihr sprechen. Sie beurteilte die Situation aus Managementsicht, und da war es ratsam, Gina eine Nachricht zu schicken. Clara teilte ihr darin mit, daß die Kinder oft nach Gina fragten. Lucy vermißte sie. Trotzdem habe sie Lucy gutgetan, bei der Besserung zu erkennen war. Das kleine Mädchen hatte sichtlich schon viel von einer Frau. Dann, als Clara auf sich selber zu sprechen kam, sagte sie, sie bedaure, Gina wegen einer Sache, die jetzt nicht weiter ausgeführt zu werden brauche, so sehr zugesetzt zu haben. Sie habe Gina wenig Möglichkeiten offengelassen. Es sei ihr nichts anderes übriggeblieben, als zu gehen. Rätselhaft war, warum sie nach Uptown gezogen sei, wo es doch andere Möglichkeiten gegeben hätte. Dennoch müsse Gina ihr nichts erklären. Und Clara hoffe, daß Gina nicht das Bedürfnis habe, sich für immer von ihr abzuwenden oder sie für eine Feindin zu halten. Weit davon entfernt, sie feindlich zu beurteilen, respektiere Clara ihr Ehrgefühl.

Wenn man sie über ihre geistige Geheimnummer um eine Auskunft über Gina gebeten hätte, dann hätte Clara, so man sie erreicht hätte, folgendes über Gina gesagt: weiches Gesicht, weiche Büste, brauner bürgerlich-mädchenhafter Blick, aber entschlossen, wenn Entscheidungen verlangt wurden. Auf einer Skala von zehn eindeutig zehn.
Doch in dem Brief, den sie Gina schickte, wünschte sie ihr dann damenhaft, würdevoll und aufrichtig alles Gute und schloß: »Sie sollten Bescheid wissen, und ich denke, daß es nur gerecht ist, wenn der Monat aufgerundet wird. Da ich mir wegen der Adresse nicht vollkommen sicher bin, hinterlege ich bei Marta Elvia einen Umschlag. Zweihundert Dollar in bar.«
Frederic Vigneron würde sie, falls er Wind von der Sache bekäme, das Geld holen lassen.
Gottschalk, der Privatdetektiv, erledigte seinen Auftrag ordentlich; das war schon das Beste, was man von ihm sagen konnte. Vielleicht nur ein Halbprivater, der nicht gut sah und hörte. Immerhin ermittelte er die Fakten, die sie von ihm verlangt hatte. Über das Gebäude in East Harlem sagte er: »Natürlich kann die Stadt nicht jede Bruchbude, die es nötig hätte, abreißen lassen, weil dann noch viel mehr Penner im Bahnhof auf der West Side schliefen. Aber ich würde meine Nichte nicht da wohnen lassen.«
Nachdem getan war, was getan werden konnte, ging das Leben weiter: Man duschte am Morgen und puderte sich mit Talkum, zog Unterwäsche und

Strümpfe an, wählte Rock und Bluse für den jeweiligen Tag, richtete sich das Gesicht fürs Büro, holte die Zeitung herein und mahlte, wenn Wilder liegenblieb (oft genug), den Kaffee und blätterte professionell in der *New York Times*, während der Kaffee durchlief. In einem Verlag, dem mehrere Magazine gehörten, war sie für Frauenthemen zuständig. Fast zu einflußreich, um noch ein Privatleben zu haben, wie sie manchmal Ms. Wong gegenüber feststellte. Wenn man in den Führungspositionen sitzt, ist man davon dispensiert, »eine Möglichkeit, die viele Leute mit Freuden wahrnehmen«.

Den Umschlag mit dem Geld holte niemand ab. Marta Elvia hatte Anweisung, ihn nur Gina zu übergeben. Nach einer Zeit großen Interesses dachte Clara nicht mehr weiter darüber nach. Gottschalk, der wenig tat, schickte ihr gelegentlich Memos: »Status quo unverändert.« Clara konnte sich vorstellen, daß Gina, um es in seinem Latein zu sagen, einen Modus vivendi mit ihrem jungen Haitianer gefunden hatte. Die Wochen, jede mehr, wirkten besänftigend auf Clara. Warten kann man nur, wenn es etwas Konkretes gibt, auf das man wartet. Während dieser Zeit schien es oft so, als gäbe es nichts. Und »mir geht es nie so schlecht wie dann, wenn mein Leben auf einmal nicht mehr für mich charakteristisch ist – wenn es das Leben jedes anderen sein könnte«, sagte sie zu Laura Wong.

Doch als sie eines Nachmittags nach einer Sitzung bei Dr. Gladstone heimkam (es ging ihr so schlecht, daß sie ihn wieder regelmäßig aufsuchte), ging sie in ihr Schlafzimmer, um sich eine Stunde hinzulegen, ehe die Kinder aus dem Ballettunterricht nach Hause kamen. Sie hatte die Schuhe fallen lassen und kroch in die Kissen, den Mund vor blinder Erschöpfung geöffnet, den negativsten Gefühlen hingegeben, als sie sah, daß ihr Ring auf das Nachttischchen gelegt worden war. Er war auf ein Taschentuch gebettet, ein neues Stück aus einem teuren Geschäft. Sie steckte sich ihren Ring an, warf sich quer übers Bett, um ans Telephon zu kommen, und tippte wie rasend Marta Elvias Nummer.

»Marta Elvia«, sagte sie, »war heute jemand hier? Ist irgend jemand vorbeigekommen, um mir etwas zu bringen?« Fünfzehn Jahre in den Vereinigten Staaten, und diese Frau konnte noch immer nicht richtig Englisch. »Also«, sagte Clara. »War Gina heute hier? Haben Sie oder jemand anderer Gina in die Wohnung gelassen?... Nein? Irgend jemand ist aber dagewesen, und Gina hat ihre Hausschlüssel abgegeben, als sie wegging... Natürlich hätte sie einen Nachschlüssel anfertigen lassen können – sie oder ihr Freund... Natürlich hätte ich das Schloß austauschen lassen müssen... Nein, es ist nichts weggekommen. Im Gegenteil: die betreffende Person hat etwas zurückgebracht. Ich bin froh, daß ich das Schloß nicht habe austauschen lassen.«

Jetzt war Marta Elvia böse, weil jemand von draußen hereingekommen war. Dieses Haus war hundertprozentig gesichert. Sie würde ihren Mann herauf-

schicken, um sicherzugehen, daß die Tür nicht aufgebrochen worden war.
»Nein, nein!« sagte Clara. »Es war kein Hausfriedensbruch. Was für eine verrückte Idee!«
Dabei war ihr in diesem Moment auch völlig verrückt zumute. Sie wählte Ginas Nummer in East Harlem. Sie bekam nur den Anrufbeantworter mit Frederics Stimme, deren typisch französische Glattheit beleidigend war. (Clara mochte diese Telephonanlagen ohnehin nicht, und ihre Abneigung erstreckte sich sogar auf den Signalton – in diesem Fall war es ein Schweinequieken.) »Hier ist Mrs. Wilder Velde, die gern Miss Wegmann gesprochen hätte.«
Da sich Gina bei ihm mit Vernunftgründen durchgesetzt zu haben schien, war Clara bereit, auch ihre Meinung von Frederic zu revidieren. (Auf einer Zehnerskala konnte sie ihn von unter Null auf Eins aufwerten.)
Als nächstes rief Clara bei Gottschalk an und hinterließ auf seinem Band die Aufforderung, zurückzurufen. Dann versuchte sie es bei Laura Wong und schließlich bei Wilder in New Hampshire. Dort oben liefen die Vorwahlen; sein Kandidat lag weit zurück, und es war nicht zu erwarten, daß Wilder sich in seinem Hotelzimmer aufhielt. Ithiel war in Mittelamerika. Niemand war da, mit dem sie die Freude über den wiedergefundenen Ring hätte teilen können. Die hellsten Lampen im Haus hatte das Badezimmer; sie schaltete sie an und preßte sich gegen das Waschbecken, um den Stein und die Fas-

sung zu überprüfen und ganz sicher zu sein, daß die kleinen Diamanten noch alle da waren. Mrs. Peralta war heute dagewesen; sie wählte die Nummer – sie hatte das denkbar größte Bedürfnis, mit jemandem zu reden –, und hatte diesmal tatsächlich Glück. »Ist heute jemand dagewesen?«

»Nur Lieferanten, mit dem Warenaufzug.«

Während dieser unbefriedigenden Unterhaltung konnte sich Clara im Flurspiegel sehen – eine knochige Frau, nicht mehr jung, mit aschblondem Haar, kein richtiges Blond, hager, langes Gesicht, hohlwangig, freudlos, die beringte Hand unter den Arm gepreßt, der das Telephon hielt. Die großen Augen schmerzten, man sah es auch. Warum wirkte sie so erledigt, wo sie doch hätte jauchzen können? Aber glaubte sie denn im Ernst, der wiedergefundene Ring würde sie verjüngen?

Sie war überzeugt – und es war mehr als Überzeugung, Triumphgefühl schwang mit –, daß Gina Wegmann in ihr Schlafzimmer gekommen war und den Ring auf ihren Nachttisch gelegt hatte.

Und wie war Gina an den Ring gekommen, was hatte sie versprechen müssen oder opfern oder bezahlen? Vielleicht hatten ihr die Eltern telegraphisch Geld aus Wien geschickt. Angenommen, die junge Frau hätte vier Monate lang nichts anderes im Sinn gehabt, als den Ring wiederzubeschaffen, und sie hätte die Zeit in East Harlem allein aus diesem

Grund abgesessen? Clara schoß ein Gedanke durch den Kopf: Wenn Gina den Smaragd wieder von Frederic gestohlen hatte und weggelaufen war, dann war die Nachricht auf seinem Anrufbeantworter ein grober Fehler. Frederic reimte sich womöglich alles zusammen und verfolgte Gina mit einem Revolver. Sogar einen Privatdetektiv gab es in dieser sich rasch hochschaukelnden Geschichte. Nur daß Gottschalk kein Philip Marlowe in einem Roman von Raymond Chandler war. Dennoch war er eine Art Detektiv. Er mußte einen Waffenschein besitzen. Jeder dachte sofort an diese Fernsehsender mit den Psychopathen-Thrillern, in denen Blut oder Kinder-Nagellack oder Blut, das allenfalls naive Gemüter für Nagellack hielten, nur so strömte. Die Vorstellung (oder Hoffnung), daß Gottschalk Frederic in einer Schießerei töten würde, war so grotesk, daß sie Clara half, sich zu beruhigen.
Als sie Gottschalk am nächsten Tag in ihrem Büro empfing, trug sie den Ring und zeigte ihn ihm. Er sagte: »Das ist ein hochpreisiges Objekt. Ich hoffe, Sie fahren nicht mit öffentlichen Verkehrsmitteln zur Arbeit.« Sie sah ihn verächtlich an. Sie wurde vom Chauffeur abgeholt. Er schien nicht zu erkennen, zu welcher Gehaltsgruppe sie gehörte. Doch er sagte: »Es gibt Leute in höchsten Positionen, die darauf bestehen, mit der U-Bahn zu fahren. Ich könnte Ihnen eine Frau von der Wall Street nennen, die sich für die Fahrt als Pennerin verkleidet, um keinen Überfall zu provozieren.«

»Ich glaube, daß Gina Wegmann gestern in meiner Wohnung gewesen ist und den Smaragd neben mein Bett gelegt hat.«
»Muß sie gewesen sein.«
Gottschalks private Beobachtung war, daß Mrs. Velde vergangene Nacht nicht geschlafen hatte.
»Es kann nicht der *Mann* gewesen sein«, sagte sie.
»Wie würden Sie ihn mit Ihrer Erfahrung einschätzen?«
»Gelegenheitskrimineller. Für Verbrechen auf der Straße hat er nicht die Muckis.«
»Sie hat ihn doch nicht geheiratet?«
»Das wäre schnell feststellbar. Ich würde mal tippen, daß nicht.«
»Sie könnten für mich herausfinden, ob sie noch immer in der 128th Street wohnt. Wenn sie sich den Ring geschnappt und zurückgebracht hat, tut er ihr vielleicht etwas an.«
»Madam, er war ein paarmal wegen Kleinkram im Knast. Der stellt nichts Großes an.« Frederic gehörte zu diesen Boat People, die es vor einigen Jahren geschafft hatten, Florida zu erreichen. Soviel wußte Clara.
»Erst stiehlt er Ihren Ring, und dann weiß er nicht mal, wie er ihn verhökern soll.«
Clara sagte: »Ich muß herauskriegen, wo sie lebt. Ich muß mit ihr sprechen. Finden Sie das Mädchen. Ich zahle eine Prämie – im vernünftigen Rahmen.«
»Soll ich sie zu Ihnen nach Hause schicken?«
»Das bringt sie womöglich in Verlegenheit – da sind

die Mädchen, Mrs. Peralta, mein Mann. Sagen Sie, daß ich gern mit ihr essen würde. Fragen Sie, ob sie meine Nachricht erhalten hat.«

»Ich werd mich drum kümmern.«

»Schnell. Ich möchte nicht, daß sich das ewig hinzieht.«

»Hat absolute Priorität«, sagte Gottschalk.

Sie baute darauf, daß ihn das Großraumbüro beeindruckte, und war jetzt froh, daß sie seine Rechnungen pünktlich bezahlt hatte. Sie vertraute auf seine guten Seiten, war unter allen Umständen darauf bedacht, ein gerngesehener Kunde zu sein. Was Gottschalk betraf, so entsprach der genau dem, was sie bei Ithiel bestellt hatte – möglichst nicht allzu schäbig. Viel mehr nicht.

»Bis Freitag möchte ich gern Fortschritte sehen«, sagte sie.

An diesem Nachmittag traf sie sich mit Ms. Wong. Mußte unbedingt reden. Und mit der Geste einer Frau, die frisch verlobt ist, streckte sie ihre Hand aus und sagte: »Hier ist der Ring. Ich dachte, er wäre für immer zum Teufel. Jetzt wird er langsam ein Märchenring. Ich finde das so komisch wie die Trickfilme, die sie früher für Kinder gezeigt haben – zuerst wird ein Haus mit Dynamit zerstört. Sie zeigen, wie es zusammenfällt. Dann lassen sie den Film in Zeitlupe rückwärtslaufen, und schon ist das Haus wieder ganz.«

»Mit Hilfe eines Zauberrings?« sagte Ms. Wong.

Clara kam der Gedanke, daß auch Laura eine geheimnisvolle Frau war. Rein äußerlich war sie exotisch, doch in allem, was sie sagte, war sie ganz und gar konventionell. Während Clara das Herz überging, konnte Ms. Wong ungerührt weiter Konversation machen. Wenn man zu ihr kam und ihr erzählte, man wolle sich umbringen, was würde sie dann tun? Vermutlich nichts. Und doch mußte man reden.

»Ich kann nicht sagen, in welchem Zustand ich mich befinde«, sagte Clara, »ob vor der Sprengung oder danach. Ich denke nicht, daß ich zerstört wirke...«

»Alles andere.«

»Und doch fühle ich mich, als wäre etwas kaputtgegangen. Es gibt Veränderungen. Gina zum Beispiel war ein Mädchen, das ich in mein Haus aufnahm, um Hilfe bei den Kindern zu haben. Wir haben nicht viel gesprochen. Ich habe nichts von ihrer karibischen Liebschaft oder ihrem Sex-Experiment gehalten. Nur ein weiterer Fall von Hilflosigkeit inmitten untergehender Kulturen – ich höre mich jetzt wie Ithiel an, dabei messe ich der Sache mit den untergehenden Kulturen gar nicht soviel Bedeutung bei: Für mich hängt diese Hilflosigkeit immer mehr mit der seelenlosen Lebensführung zusammen. Ein wesentlicher Bestandteil der Menschen geht verloren oder wird verdrängt – frag mich nicht nach Einzelheiten; ich kann sie nicht nennen. Sie flitzen immer an mir vorbei. Aber was ich sagen wollte: Ich habe dieses Mädchen immer lieber gewonnen. So wie Gina sofort verstand, wie bedürftig Lucy war, hat sie auch die Bedeutung dieses Rings innerhalb einer

Minute erfaßt. Und sie verließ das Haus mit der Absicht, ihn mir zurückzubringen. Dafür zog sie sogar nach East Harlem.«

»Wenn ihre Familie in Wien nur die leiseste Ahnung hätte...«

»Ich will etwas für sie tun. Sie ist eine ganz besondere junge Frau. Ich werde mit Sicherheit etwas tun. Ich muß mir noch überlegen, was. Nein, ich erwarte nicht, daß sie mir schildert, was sie durchgemacht hat; ich will sie gar nicht danach fragen. Es gibt Dinge, nach denen ich mich ungern fragen lasse«, sagte Clara. Sie dachte an Clifford in Attica. Normalerweise hielt sie sich damit bewußt zurück, wenn man ihr jedoch zusetzte, konnte sie einiges aus dem Gedächtnis hervorkramen.

»Hast du schon eine Vorstellung...?« sagte Laura Wong.

»Was sie betrifft? Noch nicht, nicht bevor ich mit ihr gesprochen habe. Was mich selber betrifft, so bin ich in der Folge der Ereignisse allerdings auf Verschiedenes gekommen. Diesen Ring zweimal zu verlieren und zweimal wiederzufinden, ist ein Zeichen, eine Botschaft. Es zwingt mich zu Deutungen. Als beispielsweise Francine mit den Möbelpackern kam und Ithiels Haus ausräumte – dieses Weib hat soviel Gefühl wie eine Klobürste! –, hat sich Ithiel nicht an mich gewandt. Er kam nicht und sagte: ›Mit Wilder bist du unglücklich. Zusammen kommen wir auf sieben Ehen. Sollten du und ich nicht jetzt...?‹«

»Clara, das hättest du doch nicht gemacht?« sagte

Laura. Ausnahmsweise klang ihre Stimme ungekünstelt. Clara war bestürzt über den Unterschied.
»Ich hätte es vielleicht gemacht. Bisher war es nur immer ein Wechsel nach dem anderen. Wechselnde Vergnügungen, wechselnde Erwerbungen, und es entwickelt sich eine gewisse Dynamik, der... ach, ich weiß nicht. Der Macht vielleicht. Gibt es denn keinen Ruhepunkt? Geht es denn nie ohne diese Dynamik? Ich hatte das Gefühl, daß Ithiel vielleicht dieser Ruhepunkt sein würde. Oder ich einer für ihn. Aber das war einfach nur dämlich. Ich habe einen ruhelosen Charakter. Im Grunde habe ich zuviel Zwietracht in mir.«
»Der Ring stand also für die Hoffnung auf Teddy Regler«, sagte Laura Wong.
»Die eine Ausnahme. Teddy. Eine wiederholt erprobte Ausnahme. Vermutlich gibt es noch andere, aber ich habe sie nie kennengelernt.«
»Und glaubst du...?«
»Daß er je sein Ziel erreicht? Ich weiß es nicht, und er auch nicht. Er sagt, ein Fachhistoriker wird es nie schaffen, sondern nur eine ungewöhnliche Person mit einem ungewöhnlichen Blick. Eine Sicht des Jahrhunderts mit einem ungewöhnlichen angeborenen Blick, mit einer Begabung für politische Beobachtung: So ungefähr formuliert er es, und vielleicht ergreift er eines Tages die Gelegenheit und schreibt die Chronik des Jahrhunderts, die Chronik aller Chroniken. Was mich betrifft«, sagte Clara, »so habe ich die Kinder, und Wilder womöglich als

viertes Kind. Das letzte war unannehmbar. Am wichtigsten wäre mir jetzt ein ruhiges Leben.«

»Der Ruhepunkt?«

»Nein, damit rechne ich nicht. Ein ruhiges Leben anstelle eines Ruhepunkts. Den Ruhepunkt hätte ich vielleicht bei Ithiel gehabt. Ich muß mich mit dem zufriedengeben, was ich haben kann – friedliche Abende. Eine klösterliche Ruhe soll einkehren, wenn die Kinder im Bett sind und ich das Telephon aushängen kann, um mich auf Yeats oder etwas in der Art zu konzentrieren. Nicht mehr zu ehrgeizig sein; das würde schon reichen, um die Dämonen loszuwerden – sie sind wie Patienten, die in der Nervenklinik aus- und eingehen. Kurz, sich mit seinem ruhelosen Charakter abfinden.«

»Dann hast du in all den Jahren die Hoffnung nie aufgegeben, daß Teddy Regler und du …«

»… schließlich doch noch zusammenkommen …«, sagte Clara. Irgend etwas ließ sie zögern. Wie immer schon in problematischen Situationen blickten ihre Augen zur Seite, suchten nach einem Ausweg, und ihr Landmädchenmund war offen, aber stumm.

Als sie auf der Madison Avenue Richtung Uptown ging, dachte Clara nach und schimpfte mit ihrer tiefen Stimme vor sich hin: Es ist *vollkommen* verrückt. Es gibt wohl keine Grenzen mehr. Sie wollte, daß ich sage, mit Ithiel und mir ist es aus, um es dann selber bei ihm zu versuchen. Jeder glaubt, das Recht zu haben, sich vorstellen zu können, was ihm gerade einfällt, und ich habe Ithiel so lange über den grünen

Klee gelobt, daß er für sie unwiderstehlich wurde. Und wie lange hat diese kleine Hure schon davon geträumt, ihn für sich selber zu haben! Nix da! Clara war wütend, aber sie mußte auch darüber lachen. Auf diese Weise suche ich mir meine Freunde, meine Liebhaber, meine Ehemänner und Bankiers und Finanzberater und Psychiater und Priester, einer wie der andere. Und eben habe ich meine wichtigste Vertraute verloren. Aber ich muß sie ganz langsam fallenlassen, denn wenn ich die Beziehung abbreche, ist sie in der Lage, mir mit Wilder weh zu tun. Und da ist, nicht zu vergessen, die Versicherungsgesellschaft, der der Ring eigentlich gehört. Außerdem ist Laura beruflich sehr begabt, und ich bin auf ihre Layouts angewiesen.

Inzwischen plante Clara eine außergewöhnliche, eine großherzige Tat.

Vom Büro aus führte sie am nächsten Tag auf ihrer Privatleitung mit Ithiel, der eben aus Mittelamerika zurückgekommen war, ein vorbereitendes Gespräch darüber. Natürlich konnte sie ihm nicht sagen, was sie im Schilde führte. Sie fing damit an, daß sie das Wiederauftauchen des Rings schilderte, die ganzen merkwürdigen Umstände. »Jetzt, genau in diesem Augenblick, sehe ich ihn an. Obwohl ich ihn trage, komme ich mir nicht besonders mädchenhaft vor. Ich bin eher in Kontemplation versunken.«

Sie konnte richtig sehen, wie Ithiel diese neue Entwicklung, die kontemplative Clara mit der Clara verglich, die einst ihre langen Fingernägel in seinen

Unterarm gegraben und dabei Narben hinterlassen hatte, die er General Haig oder Henry Kissinger bei Bedarf als Beispiel für Gewalt hätte zeigen können. Er hatte ja Sinn für Humor, ja, das hatte Ithiel. Er erzählte gern, wie einmal in der Herrentoilette des Weißen Hauses Mr. Armand Hammer am nächsten Urinal stand und wie sie zwischen dem Auf- und Zuziehen der Reißverschlüsse die Absichten der Sowjets diskutierten.

Oder wie er an die leidenschaftliche Clara zurückdachte oder an die Clara, die sie Seite an Seite oder sogar im selben Grab bestattet haben wollte. Das hatte ihn in letzter Zeit zu amüsieren begonnen.

Sie sprach weiter aus ihrem New Yorker Büro. Bisher hatte er, außer einem Glückwunsch zum Wiederauftauchen des wichtigen Symbols, Madison Hamiltons Smaragd, wenig zu sagen gewußt. »Diese Gina ist eine ungewöhnliche junge Frau, Ithiel«, erzählte sie ihm. »Man hätte erwartet, daß sich eine Sizilianerin oder Spanierin so verhält, aber keine von heute, sondern eine romantische Stendhal-Figur – eine seiner Happy Few, oder eine junge Frau der italienischen Renaissance in einer dieser venezianischen Chroniken, aus denen sich die Elisabethaner bedient haben.«

»Was man aber bestimmt nicht aus dem Wien von Kurt Waldheim erwartet hätte«, sagte er.

»Das ist der Punkt. Und eine junge Person mit diesen Qualitäten sollte nicht in New York Kinder hüten – der Stadt von Gog und Magog. Und deshalb

wollte ich vorschlagen: Sie müßte nach Washington.«
»Und du möchtest, daß ich etwas für sie finde?«
»Das wird nicht einfach sein. Sie hat ein Studentenvisum, keine Green Card. Ich muß sie von hier wegbekommen.«
»Sie vor dem Haitianer retten. Ich verstehe. Vielleicht will sie aber gar nicht gerettet werden.«
»Ich muß herausfinden, wie sie das sieht. Mein Gefühl sagt mir, daß die haitianische Episode vorüber ist und sie nichts gegen Fortbildung hätte…«
»Und da wäre ich dann wohl dran?«
»Du brauchst mir da nicht spöttisch zu kommen. Ich bitte dich darum, daß du mich ernst nimmst. Denk an das, was du vor nicht allzu langer Zeit über meine moralische Logik, die nach meinen eigenen Maßstäben, nach meinen eigenen weiblichen Voraussetzungen erarbeitet worden ist, gesagt hast… Also, ich weiß, daß du dich noch bei keinem wirklich wichtigen Thema nur höflich geäußert hast.«
Durch die Beschreibung, die er von ihr gegeben hatte, fühlte sie sich wichtig genommen, aus einem Stück, konzentriert, ermutigt und mit einem Ziel ausgestattet; deshalb konnte sie ihn kein bißchen davon zurücknehmen lassen.
»Was ich gesehen habe, habe ich gesagt. Und jahrelange Beobachtungen, um es zu beweisen. Will sie denn nach Washington kommen?«
»Schön, Ithiel, ich hatte bisher nicht die Gelegenheit, sie zu fragen. Aber… nur damit du mich

verstehst, ich habe dieses Mädchen liebgewonnen. Ich habe jeden Aspekt von dem, was wahrscheinlich vorgefallen ist, genau überlegt, und ich glaube, daß der Mann den Ring gestohlen hat, weil ihre Beziehung zu Ende ging. Ihre Affäre war so gut wie vorbei. Deshalb machte er sie bei dem Diebstahl zur Helfershelferin, und sie zog nur zu ihm, um meinen Smaragd zurückzuholen.«
Ithiel sagte: »Und warum glaubst du an dieses... dieses Szenario, das du da entwirfst – daß sie mit ihm Schluß machen wollte und daß er so verschlagen war und daß sie soviel Ehr- oder Verantwortungsgefühl hatte? Das alles klingt viel mehr nach *dir* als nach einem beliebigen Durchschnittsbürger.«
»Aber ich will dir doch begreiflich machen«, sagte sie mit besonderem Nachdruck, »daß Gina eben keine beliebige Durchschnittsbürgerin ist und daß ich sie liebe.«
»Und du willst, daß wir uns kennenlernen. Und daß sie in meinen Einflußbereich kommt. Sich in mich verliebt. So daß du und ich mehr werden. Sie sich uns anschließt. Und sie und ich einander schätzen, und du den Trost hast, mich in festen Händen zu wissen, und daß das der Segen sein wird, den du über uns beide ausgießt.«
»Teddy, du machst dich über mich lustig«, sagte sie, wußte aber ganz genau, daß er sich nicht lustig machte, daß der Akzent nicht darauf lag und daß seine Interpretation soweit mehr oder weniger zutreffend war.

»Wir werden uns gegenseitig nie aus den Schwierigkeiten herausholen können«, sagte Ithiel. »Nicht aus den Schwierigkeiten, in denen wir stecken. Und selbst das ist nicht einmal ungewöhnlich. Und wir alle wissen, was wir zu erwarten haben. Nur ein paar Einzelgänger kämpfen noch weiter. Ich spreche jetzt von dir. Ich stelle mir gern vor, daß ich mich auskenne mit der Wirklichkeit. Du hast eine andere Vorstellung von Wirklichkeit. Sie reicht womöglich tiefer als meine. Also, wenn deine junge Frau aus eigenem Entschluß nach Washington kommen will, will ich mich dir zuliebe gern mit ihr verabreden und mit ihr reden. Doch die Maßnahmen, die ideal für deine kleinen Kinder sind – Schule spielen, Parties und engagierte Lehrer –, lassen sich nicht auf uns andere übertragen.«
»Ach, Teddy, ich bin nicht so verrückt, wie du glaubst«, sagte Clara.
Nach dieser Unterhaltung fertigte sie eine Aktennotiz an, in der sie Teddys Grundsätze und Ansichten zusammenzufassen suchte: Was wir über unsere jeweiligen Motive vermuten, ist so beschränkt, unser Verständnis vom Universum und seinen Kräften ist so falsch, daß wir um so mehr Verletzungen zufügen, je mehr wir analysieren. Sie wußte ganz genau, daß diese Notiz wie alle anderen verschwinden würde. Sie würde sich selber fragen: »Was habe ich nach dem Gespräch mit Teddy gedacht?«, und sie würde das Blatt nie wieder zu Gesicht bekommen.
Jetzt mußte sie ein Treffen mit Gina Wegmann

verabreden, und das stellte sich als schwieriges Unterfangen heraus. Nie hätte sie geahnt, daß es so mühsam sein würde. Wiederholt rief sie Gottschalk an, der sagte, er stehe mit Gina in Verbindung. Er hatte sie aber bisher noch nicht gesehen. Er hatte eine Nummer in Midtown-Manhattan von ihr und erreichte sie dort gelegentlich. »Haben Sie ihr gesagt, daß ich mich gern mit ihr treffen würde?« sagte Clara. Sie dachte: Scham. Das arme Kind schämt sich.

»Sie sagte, sie sei sehr beschäftigt, und ich glaube, sie plant ihre Heimreise.«

»Nach Österreich?«

»Ihr Englisch ist gut zu verstehen, aber ich bekomme kein eindeutiges Signal.«

Unfreundlich murmelte Clara vor sich hin, daß er mehr sehen würde, wenn er sich die Brille putzte. Um sich noch wichtiger zu machen und sein Honorar zu erhöhen, hielt er auch noch Informationen vor ihr zurück – oder tat so, als verfüge er über mehr Informationen, als er in Wirklichkeit hatte. »Wenn Sie mir die Nummer geben, könnte ich sie direkt anrufen«, sagte sie. »Ist eigentlich der junge Mann bei ihr, in Midtown?«

»Das nehme ich nicht an. Ich denke, daß sie bei Freunden oder Verwandten wohnt, und ich denke, daß sie schon sehr bald nach Wien zurückkehrt. Ich gebe Ihnen die Nummer, aber lassen Sie mir, bevor Sie anrufen, noch ein paar Stunden, um Ihnen zusätzliche Informationen zu beschaffen.«

»In Ordnung«, sagte Clara, und kaum war Gottschalk aus der Leitung, wählte sie Ginas Nummer. Sie hatte sie sofort. Einfach so.
»Oh, Mrs. Velde. Ich wollte Sie schon anrufen«, sagte Gina. »Dieser Mr. Gottschalk hat mich davon abgehalten. Das ist ein Detektiv, und ich habe mir Sorgen wegen Ihrer Einstellung gemacht, daß Sie es der Polizei melden würden.«
»Er hat überhaupt nichts mit der Polizei zu tun, er ist ein Privatdetektiv. Ich mußte es herausfinden. Ich hätte nie gedroht. Ich wollte nur wissen, wo Sie sind. Der Mann ist ein Trottel. Machen Sie sich seinetwegen keine Sorgen. Stimmt es denn, Gina, daß Sie nach Wien fahren?«
Die junge Frau sagte: »Heute abend, Lufthansa. Über München.«
»Ohne mit mir zu sprechen? Aber das geht doch nicht. Ich muß Sie verärgert haben. Aber ich bin nicht böse auf Sie; ganz im Gegenteil. Und wir müssen uns treffen, bevor Sie abreisen. Sie werden schon auf den Koffern sitzen.« Aus Entsetzen darüber, Gina zu verlieren, wurde es Clara heiß, sie atmete schwer, und ihr war plötzlich so bang ums Herz, daß sie kaum mehr zum Sprechen in der Lage war, weil ihr vor Erregung der Hals wie zugeschnürt war. »Haben Sie nicht doch noch ein wenig Zeit für mich, Gina? So viel muß geklärt werden, so viel steht zwischen uns beiden. Warum müssen Sie so plötzlich nach Hause?«
»Auch ich würde Sie sehr gern noch sehen, Mrs.

Velde. Die Eile kommt durch meine Verlobung und Hochzeit.«

Clara hatte die wildesten Vermutungen: Sie ist schwanger. »Heiraten Sie Frederic?« fragte sie. Es war eine vorwurfsvolle Frage, fast ein Gebet: Laß sie bitte nicht so verrückt sein. Gina hatte nicht damit gerechnet und schien erst einmal nachzudenken. Aber dann sagte sie: »In dem Fall müßte ich nicht nach Wien. Mein Verlobter arbeitet in der Bank meines Vaters.«

Die Frage war, ob sie ihr Verhalten erklären sollte oder nicht. Claras Ansicht nach waren einige Erklärungen fällig. Gina hatte geschwankt, doch jetzt war sie damit einverstanden, sie entschloß sich, Clara doch noch zu treffen. Ja, sie würde es tun. »Ein paar Freunde geben einen Abschiedscocktail für mich. An der Madison in den unteren Siebzigern. Vielleicht eine halbe Stunde vorher?... Auf Ihre Art *waren* Sie sehr freundlich«, hörte Clara das Mädchen sagen.

»Dann treffen wir uns doch im Westbury. Wann? Vier Uhr.«

Freundlich, auf meine Art... Das bedeutet was? Sie denkt, daß ich gemein war. Doch damit konnte man sich auch später noch auseinandersetzen. Jetzt mußte der Termin bei Dr. Gladstone abgesagt werden. Da das Honorar in jedem Fall zu zahlen war, würde er nun eine Stunde lang tiefe analytische Gedanken wälzen, über Identitätsprobleme grübeln können, wie Clara mit mehr als einer Spur Haß dachte. Gab es denn überhaupt einen, der etwas darstellte? Was wußte denn ein Mann wie Gladstone! Klempner nannte Ithiel diese Gladstone-Typen. Er hatte die Analyse aufgegeben, weil niemand in der Lage gewesen war, ihm zu sagen, was nötig war, um Ithiel Regler zu sein. Das klang überheblich, aber genaugenommen war es das einzig Wahre. Es war einfach so. Für sie galt das auch.

Daß sie so entschlossen und bestimmt wirkte, war merkwürdig, da sie offensichtlich in Rage war und versuchte, einen Ausbruch von allerlei schmutzigen Gefühlen zu verhindern. Im Taxi – einem unter den zehntausend Autos, die manhattanaufwärts krochen – lehnte sie ihren langen Hals nach hinten, um ihn vom Gewicht ihres Kopfes zu entlasten und ihre rasenden Gedanken, die panisch zu werden drohten, zu kontrollieren. Diese blockweisen Staus auf der Madison Avenue, diese vollkommen unnötigen Massen, die Fahrzeuge, die nicht hier zu sein brauchten, nur müßige Käufer oder alte Leute beförderten, die kein dringlicheres Vorhaben kannten, als aus ihrer Gefangenschaft auszubrechen und jemanden zu beschimpfen. Clara drohte in diesem Schritttempo und der Verzögerung zu ersticken. In Gedanken ließ sie Motoren anspringen, stieg sie vor Kreuzungen aus und riß mit schrecklicher Kraft rote Ampeln nieder. Fünf von den dreißig Minuten, die Gina ihr gewährt hatte, waren bereits den Bach runter. Zwei Blocks vor dem Westbury konnte sie den Verkehr nicht mehr ertragen; sie stieg aus und

lief den restlichen Weg. Wie immer, wenn sie es eilig hatte, rieben sich die Innenseiten ihrer Knie aneinander.
Durch die Drehtür kam sie in die Lobby, und da war Gina Wegmann, die eben von einem Barhocker aufstand, und wie schön das Mädchen aussah mit dem runden schwarzglänzenden Strohhut und dem Halbschleier, der ihr auf den Nasenrücken fiel. Durch ihre Aufmachung sah sie alles andere als zerknirscht aus, sie trug ein Kleid, das ihre Brust und die Form ihres Hinterns betonte. Andererseits wirkte sie aber auch nicht herausfordernd. Lebhaft, ja, und auch strahlend. Sie kam mit einer zärtlichen Bewegung auf Clara zu, so daß diese, als sie sich auf die Wangen küßten, eine Ahnung davon bekam, was ein leidenschaftlicher Mann für ein Mädchen wie Gina fühlen mochte.
Clara gab der Rush-hour die Schuld für ihre Verspätung und war im gleichen Augenblick unzufrieden mit dem Kleid, das sie an diesem Tag trug – diese großen Blumen waren ein Fehler, ein Mißgriff, und gehörten in den Schrank für den schlechten Geschmack.
Sie ließen sich in der Cocktail-Lounge nieder. Sofort war einer dieser überbeflissenen New Yorker Kellner bei ihnen. Clara verlor keine Zeit mit ihm. Sie bestellte einen Campari, und während er die Drinks aufschrieb, sagte sie: »Bringen Sie sie und lassen Sie uns dann in Ruhe; wir haben viel zu besprechen.« Dann lehnte sie sich zu Gina hinüber – zwei Köpfe

mit schönem Haar, jeder mit ausgeprägtem Stil. Das Mädchen hob den Schleier. »Also, Gina... *erzählen Sie*«, sagte Clara.

»Der Ring sieht wunderbar an Ihrer Hand aus. Ich freue mich, daß Sie ihn tragen.«

Sie war nicht mehr das Au-pair-Mädchen, das darauf wartete, daß man sie ansprach, sie benahm sich wie eine andere Person – von gleich zu gleich und mehr. Sie hatte in Amerika viel dazugelernt.

»Wie haben Sie ihn ins Haus gebracht?«

»Wo haben Sie ihn gefunden?« fragte Gina.

»Was soll das denn heißen?« wollte Clara wissen. Sie war überrascht und verfiel wieder in den platten Ton des einfältigen Landmädchens, das herausfordernd und mißtrauisch klang. »Er lag auf dem Nachttisch.«

»Ja. Dann ist ja alles gut«, sagte Gina.

»Ich habe ein schlechtes Gewissen, weil ich Ihnen diese schwere Aufgabe gestellt habe. So gut wie unmöglich«, sagte Clara. »Die Alternative wäre gewesen, den Fall der Polizei zu übergeben. Ich nehme an, Sie wissen mittlerweile, daß Frederic vorbestraft ist – keine großen Verbrechen, aber er war auf Rikers Island und im Gefängnis in der Bronx. Das hätte Ärger gegeben, die Ermittlungen wären unangenehm für Sie gewesen, und das wollte ich nicht.« Sie senkte die Hand auf ihre Beine und spürte irritiert, wie die Muskeln am Knie hervortraten.

Gina schien nicht peinlich davon berührt zu sein, als der Name Rikers Island fiel. Sie mußte vorher beschlossen haben, sich nichts anmerken zu lassen.

Clara würde nie herausfinden, was es mit der Affäre mit Frederic auf sich hatte. Gina gab gerade noch zu, daß ihr Freund den Ring genommen hatte, mehr nicht. »Er sagte, er sei in der Wohnung herumgegangen...« Nicht auszudenken, dieser Mann, ein geiler Langfinger, war frei in ihrem Haus herumgelaufen! »Er sah den Ring und steckte ihn, ohne groß nachzudenken, ein. Ich sagte, Sie hätten ihn von jemandem bekommen, den Sie liebten, der Sie liebte« – sie hatte also tatsächlich das mit der Liebe verstanden! – »und ich fühlte mich verantwortlich, weil ich Frederic mit ins Haus gebracht hatte.«

»Das hat ihn wahrscheinlich verblüfft.«

»Er sagte, die Leute von der Park Avenue verstehen rein gar nichts. Sie wollten keinen Ärger haben und verließen sich für ihren Schutz auf Sicherheitsvorkehrungen. Sobald man aber einmal die Sicherheitskontrollen unten im Flur überwunden hätte, ja, dann seien sie hilflos wie die Hühner. Sie könnten von Glück sagen, daß niemand sie umbrachte. Die verstünden ja überhaupt nichts von Schutzmaßnahmen.«

Claras Blick war hell und nüchtern. Ihre Himmelfahrtsnase verstärkte noch den sachlichen Blick. Sie sagte: »Da muß ich zustimmen. Ich hatte nicht geglaubt, in meinem eigenen Haus Wertsachen wegschließen zu müssen. Aber er hat vielleicht recht mit der Park Avenue. Hier lebt eine Klasse von Menschen, die nicht denkt und es sich nicht eingesteht. Dann ist es ein Glück, daß keiner ins Haus kam, der

gefährlicher war als Frederic. Vielleicht sind Haitianer unbekümmerter als andere aus Harlem oder der Bronx.«
»Ihre Klasse von Park-Avenue-Menschen?«
»Ja«, sagte Clara. Wieder machte sie große Augen und dachte dabei: Mein Gott, womit werden meine Kinder zurechtkommen müssen! »Ich muß dem Mann wahrscheinlich dafür dankbar sein, daß er nur gestohlen hat.«
»Wir haben nicht die Zeit, um über diesen Aspekt zu sprechen«, sagte Gina.
Die Minuten in der Bar schienen nach Ginas wohlüberlegtem Plan zu verlaufen. Frederic war kein Thema. Plötzlich hatte Clara den Drang, Gina richtig zuzusetzen. War sie nicht das Lüsterne Weib im Buch der Sprüche, das ißt und trinkt und sich mit der Serviette alle Zeichen der Lust abwischt? Doch sie konnte diesen kritischen Drang nicht aufrechterhalten. Wer konnte schon sagen, wie das Mädchen hineingezogen worden war und wie sie damit zurechtkam, oder was sie tun mußte, um den Ring von Frederic wiederzubekommen. Ich bin in *ihrer* Schuld. Außerdem hatte man sich bei den Kindern auf sie verlassen können. Gut also, was sehen wir? Diese Gina verfügt über einigen Stolz. Sie hat sich gegen das heutige New York durchgesetzt, ein junges Mädchen aus der Wiener Oberschicht. Ein gewisser Dünkel spielt da mit. Es ist nicht richtig, sie mit dem Lüsternen Weib zu erklären. Wir wollen nicht so alttestamentarisch sein. Ich bekomme zu

Weihnachten immer noch eine Karte aus Attica. Bevor sie diesen Mann aus Papas Bank heiratet, war sich das Mädchen ein bißchen Aufregung schuldig, und die Stadt von Gog und Magog ist der ideale Ort dafür. Dr. Gladstone hätte vielleicht darauf hingewiesen, daß Claras Gedanken allmählich feindselig wurden – aus Neid auf die Jugend womöglich. Clara war anderer Meinung. Niemand, wirklich niemand vermag den heutigen Versuchungen zu widerstehen. (Versuch es doch und druck dir deine eigene Währung, dann wirst du schon sehen, was du dafür bekommst.) Sie war noch immer überzeugt, daß sie gute Gründe für ihre Zuneigung zu dem Mädchen hatte. »Sind Sie sich ganz sicher, daß Sie zurückfliegen müssen – könnten Sie sich vorstellen, noch länger hierzubleiben?«

»Wozu sollte ich bleiben?«

»Nur eine Frage. Wenn Sie noch eine andere Seite von Amerika erleben wollten, dann finden Sie die vielleicht in Washington, D. C.«

»Was sollte ich dort?«

»Richtig arbeiten. Und lassen Sie sich nicht stören durch das ›richtig‹; es wäre nicht langweilig. Vor vielen Jahren habe ich in Cortina d'Ampezzo selber so gearbeitet und verlebte einen der schönsten Sommer meines Lebens. Dieser Freund in Washington, für den ich arbeitete, ist womöglich eine noch unerkannte Größe in der amerikanischen Geistesgeschichte. Ich kann mir vorstellen, daß er einmal alles in die richtige Perspektive rückt. Alles. Wenn Sie ihn kennenlernten, wären Sie sich mit mir einig, daß er ein faszinierender Mann ist...« Hier bremste sich Clara selber. Ohne Warnung war sie mit vollem Tempo in eine unübersichtliche Kreuzung gefahren, ein Autobahnkreuz ohne ein einziges Verkehrszeichen. Sie mußte eine Pause einlegen, und in der vieldeutigen Stille überlegte sie, wohin sie ihr Enthusiasmus für diese Österreicherin – ein hübsches, ein im Grunde (möglicherweise) gesundes Mädchen – führte. Wollte sie ihr Ithiel schenken? Sie wollte Gina belohnen. Gut: Und sie wollte auch eine passende Frau für Ithiel finden. Skandalös, die Frauen, die er sich aussuchte. (Oder meine Ehemänner; die waren nicht viel besser.) Na gut. Aber was war mit Frederic? Was hatte sie getan, daß sie sich jede Diskussion über die haitianische Verbindung verbat? Und warum war dieses Gespräch mit Clara auf zwanzig Minuten beschränkt worden? Warum wurde sie nicht zu diesem Abschieds-Cocktail eingeladen? Wer würde dabeisein?

Alle möglichen skeptischen Szenarios kamen ihr in den Sinn: Ginas Eltern waren nach Amerika gekommen, um sie heimzuholen. Sie hatten Frederic ausbezahlt, und zur Abmachung gehörte unter anderem, daß er den Ring herausgeben mußte. Clara konnte sich einen solchen Handel ohne weiteres vorstellen. Das Mädchen hatte viele Gründe, Clara von ihren Freunden, ihren Eltern womöglich, fernzuhalten. Die unverblümte Clara mit ihrer landpomeranzenhaften Direktheit hätte den reichen Eltern mit all ihrer mitteleuropäischen Kultur (Scheiß-Kultur hätte Ithiel wahrscheinlich gesagt) den Fall womöglich ohne Umschweife vorgetragen. Ach, sollten sie ihre Party doch ohne Störung feiern! Aber sie würde Gina nicht feinsäuberlich in Geschenkpapier gewikkelt nach Washington schicken – denn das Geschenk wäre Ithiel gewesen, der dieser jungen Frau überreicht worden wäre. Auf keinen Fall! beschloß Clara. Ich bin eben so ungehobelt, wie sie es mir vorgehalten hat. Auf keinen Fall arrangiere ich eine Hochzeit, die mich dann ein Leben lang wurmt. Sie gab die Kuppelei auf, mit der sie in ihrer hirnverbrannten Güte begonnen hatte. Ja, Gina war ein ungewöhnliches Mädchen – an dieser Überzeugung hatte sich nichts geändert –, aber falls Teddy Regler der Zukünftige sein sollte, nein.

»Ich habe ihn noch nicht kennengelernt, nicht wahr?« sagte Gina.

»Nein.«

Wirst du auch nie.

»Sie würden gern etwas für mich tun.« Gina sagte es ganz ernst.

»Ja, wenn es etwas gäbe, das in Frage käme«, sagte Clara.

»Sie sind eine großzügige Frau – wirklich ungewöhnlich. Ich bin nicht in der Lage, nach Washington zu gehen. Sonst wäre ich gern dazu bereit. Und so leid es mir tut: Ich muß gleich gehen. Es tut mir wirklich leid. Zeit, darüber zu reden, bleibt nicht mehr, aber Sie waren sehr wichtig für mich.«

Das ist immer so, dachte Clara. Die Menschen, denen man wichtig ist, haben einfach nicht die Zeit, mit dir darüber zu reden. »Lassen Sie mich Ihnen rasch«, sagte Clara, »da es rasch sein muß, erzählen, welche Stadien meiner Ansicht nach eine Frau wie ich in ihrem Leben durchlaufen hat. Stufe eins: Jeder ist freundlich und im Grunde gut; wenn du sie gut behandelst, behandeln sie dich auch gut – das ist die Baby-Zeit. Stufe zwei: Jeder ist ein Brutalo, Metzger, Barbar, Vergewaltiger, Lump, Lügner, Mörder und Monster. Stufe drei: Zynismus ist auch keine Alternative, und man versucht sich ein differenzierteres Urteil auf der Basis bescheidener Anhaltspunkte oder bestimmter ausgewählter Fälle zu erarbeiten. Ich weiß nicht, was Sie, wenn überhaupt, damit anfangen können... Und bevor Sie gehen, müssen Sie meine Neugier wenigstens in einem Punkt befriedigen: wie Sie den Ring zurückbekommen haben. Falls es etwas gekostet hat, will ich jeden Cent davon bezahlen. Darauf bestehe ich. Sagen Sie mir, wieviel und an wen. Und wie sind Sie in die Wohnung gekommen? Niemand hat Sie gesehen. Doch nicht mit einem Schlüssel?«
»Reden Sie nicht über Kosten; Sie schulden mir kein Geld«, sagte Gina. »Ich muß Ihnen nur sagen, wie der Ring neben Ihr Bett gekommen ist. Ich bin zu Lucys Schule gegangen und habe ihn ihr gegeben.«
»Sie haben Lucy einen Smaragd gegeben! Einem kleinen Kind?«
»Ich habe aufgepaßt, daß ich da war, ehe ihr neues

Kindermädchen sie abholen kam, und habe Lucy erklärt, wie sie es anstellen mußte: Hier ist der Ring deiner Mutter, er gehört auf ihren Nachttisch, und hier ist ein hübsches Madeirataschentuch, auf den man ihn legen kann.«

»Was haben Sie sonst noch gesagt?«

»Viel mehr mußte nicht gesagt werden. Sie wußte, daß der Ring weg war. Schön, und jetzt war er wieder da. Ich wickelte den Ring in das Taschentuch und steckte ihn ihr in die Schultasche.«

»Und sie hat alles begriffen?«

»Sie ist Ihnen sehr ähnlich.«

»Wie denn? *Los, erzählen Sie!*«

»Der gleiche Typ. Sie haben es mir gegenüber mehrmals erwähnt. Ob ich auch der Meinung sei? Und ich habe das auch sofort gedacht.«

»Sie konnten sich darauf verlassen, daß sie es machte und nichts sagte und schwieg. Und ich war völlig durcheinander, als der Ring auf dem Taschentuch wieder auftauchte. Wo kam er her! Wer kann das gewesen sein! Ich überlegte mir sogar, ob ein Einbrecher eingespannt worden war, ihn dort hinzulegen. Das Kind sagte kein Wort. Sie sah starr geradeaus wie ein römischer Wachtposten. Sie hatten sie darum gebeten, nichts zu sagen?«

»Ja. Es war besser so. Sind Sie nie auf die Idee gekommen, sie deshalb zu fragen?«

»Aber da war doch kein Gedanke daran«, sagte Clara. Nie. Mein eigenes Kind, zu so etwas fähig.«

»Ich hatte ihr gesagt, daß sie wieder auf die Straße

runterkommen und mir nachher davon berichten sollte«, sagte Gina. »Ich bin ihnen auf dem Weg von der Schule gefolgt – Lucy und dem neuen Mädchen, das mich nicht kennt. Und nach etwa fünfzehn Minuten kam Lucy zu mir an die Ecke und sagte, sie hätte ihn dorthin gelegt, wo ich es ihr gesagt hatte... Jetzt sind Sie doch zufrieden?«
»Ich stehe vor einem Rätsel. Ich bin erschüttert. Offen gesagt, Gina, glaube ich nicht, daß Sie und ich einander noch einmal begegnen...« Das Mädchen widersprach nicht, und Clara sagte: »Deshalb sage ich offen meine Meinung. Sie waren nicht bereit, Ihre Erlebnisse in New York, in Harlem zu schildern oder zu besprechen: Ich nehme an, daß Sie sich streng an Ihre eigenen Maßstäbe gehalten haben. Ihre Liebesaffären sind Ihre Sache, aber um Ihre Haltung zu beschreiben, benutze ich das Wort ›Dünkel‹ – der Stolz eines Mädchens aus Europa in New York, das in Schwierigkeiten gerät und Wert darauf legt, sich selber zu helfen. Aber es geht noch viel weiter.« Tränen strömten aus Claras Augen, als sie Ginas Hand nahm. »Ich sehe, wie Sie alles durch mein eigenes Kind bewerkstelligt haben. Sie haben ihr eine wichtige Aufgabe gestellt, und sie war ihr gewachsen. Am erstaunlichsten ist für mich die Tatsache, daß sie nichts gesagt, sondern nur zugesehen hat. Diese Art von Beobachtung und Kontrolle bei einem zehnjährigen Mädchen... Was glauben Sie, mit welchen Gefühlen man so etwas erfährt?«
Gina war schon dabei aufzustehen, aber sie setzte

sich noch mal kurz hin. »Ich glaube, Sie haben das richtige Wort gefunden – richtig für uns beide. Als ich kam, um mich vorzustellen, gab es nur Dünkel – Sie überschütteten mich damit. Ich fragte mich, ob in Amerika die Dame des Hauses immer so wäre. Aber Sie sind nicht die für Amerika typische Dame des Hauses. Sie haben eine bestimmte Art, Mrs. Velde. So als ob Sie den Verkehr dirigieren würden. ›Links abbiegen, rechts fahren – tu dies, tu das.‹ Sie haben feste Grundsätze.«

»Bin ich etwa pingelig?« sagte Clara. »Habe ich Ihre Gefühle verletzt?«

»Falls das soviel wie herrisch bedeutet, dann nicht. Meine Gefühle waren nicht verletzt, als ich Sie näher kennenlernte. Sie waren nach *Ihren* Maßstäben streng. Ich kam zu dem Schluß, daß Sie ein in sich ruhender Mensch sind, und daß Sie die Vorschriften, die Sie machten, aus genau diesem Grund machten.«

»Moment mal, ich kenne keine in sich ruhenden Menschen. Ich bin mir sicher, daß in glücklicheren Zeiten solche Menschen existiert haben. Aber heute? Genau da aber liegt das Problem. Sie sehen sich um, um sich an etwas festzuhalten, aber wo ist es?«

»Ich sehe es in Ihnen«, sagte Gina. Sie stand auf und nahm ihre Handtasche. »Wegen all der Enttäuschung und Verwirrung zögern Sie vielleicht, das zu glauben. Welche Menschen sind tatsächlich verloren? Das ist am schwierigsten von allem zu entscheiden, sogar bei einem selber. Am Tag der Modenschau haben wir Mittag gegessen, und Sie sagten etwas wie ›Keiner stellt etwas dar‹. Sie murmelten es nur, als Sie über Ihren Psychiater sprachen. Doch als Sie eben über den Mann in Washington zu sprechen begannen, gab es kein Keiner-etwas-Problem mehr. Und als der Ring gestohlen wurde, regten Sie sich nicht wegen des verlorenen Wertgegenstandes auf. Verlorene Menschen verlieren ›Wertgegenstände‹. Sie aber verloren diesen besonderen Ring.« Sie legte den Finger auf den Stein.

Wie ungewöhnlich für zwei Frauen, eine davon jung, sich über so hochgeistige Dinge zu unterhalten. Vielleicht zwang das Leben in New York ein Mädchen wie Gina zur Spiritualität. Clara grübelte darüber nach. »Auf Wiedersehen, Gina.«

»Auf Wiedersehen, Mrs. Velde.« Clara stand auf, und Gina legte den Arm um sie. Sie umarmten sich. »Ich begreife nicht, wie Sie bei all der Unordnung weitermachen können. Aber Sie schaffen es. Ich glaube, Sie wissen recht gut, wer Sie sind.« Gina verließ rasch die Halle.

Nur Minuten zuvor (es hätten Stunden sein können), war Clara schlecht auf das Mädchen zu sprechen gewesen. Sie hatte sogar vorgehabt, ihr zuzusetzen, sie zu begleiten, sich eine Einladung für den Abschieds-Cocktail zu erschleichen, mit ihren Eltern zu reden, sie vor ihren Freunden bloßzustellen. Das war, ehe sie begriffen hatte, was Gina getan, wie sie den Ring zurückgebracht hatte. Doch als Clara jetzt aus der Drehtür kam und sobald sie den Asphalt unter den Füßen spürte, begann sie leidenschaftlich zu weinen. Weinend hastete sie die Madison Avenue hinunter, nicht wie jemand, der hierher gehörte, sondern wie ein Obdachloser, der groteske Dinge in der Öffentlichkeit anstellt, einer von diesen Pennern, die kein Asyl mehr finden. Alle Schleusen öffneten sich. Sie fand ein Taschentuch und hielt es sich mit der beringten Hand vors Gesicht, lief unbeholfen eilig weiter. Sie hätte auch im New Yorker Hafen Wasser treten können – so ein Gefühl hatte sie jedenfalls, eher ein Meer als ein Gehsteig, und wenn sie sich auch noch so abstrampelte, sie kam nicht von der Stelle. Als er mir in Washington eine Beschreibung von mir gab, hätte ich Ithiel vertrauen sollen, dachte sie. Er kennt das große Bild – das große, *große* Bild; er schmeichelt nicht, er ist realistisch, und er ist aufrichtig. Ich scheine eine Vorstellung davon zu haben, was zutiefst in mir steckt. Vielleicht gibt's bei einer Milliarde nur einen, schlimm genug. Und mein eigenes Kind gehört womöglich zu ihnen.

Saul Bellow
Mehr noch sterben an gebrochnem Herzen

Roman

Titel der Originalausgabe: *More Die of Heartbreak*
Aus dem Amerikanischen von Helga Pfetsch
Gebunden

In tragikomische amouröse Abenteuer verstrickt, muß der renommierte amerikanische Botaniker Benn Crader erfahren, wie übel einem anständigen Menschen in der heutigen auf Erfolg und Geld ausgerichteten Zeit mitgespielt wird. Ein großer ideenreicher Roman des amerikanischen Nobelpreisträgers Saul Bellow, ein Buch zum Lachen und Nachdenken.

»Ein wortgewaltiges und unterhaltsames Buch, in dem sich Gedankenreichtum mit komischen Szenen verbindet.« *Los Angeles Times Book Review*

Don DeLillo
Sieben Sekunden
Roman

Titel der Originalausgabe: *Libra*
Aus dem Amerikanischen
von Hans Hermann
Leinen

In seinem packenden, stilistisch brillanten Roman entwirft Don DeLillo ein Bild von der Schattenseite Amerikas und dem Leben Lee Harvey Oswalds. Fiktion und Wirklichkeit gehen nahtlos ineinander über in der Schilderung der Ereignisse und Machenschaften, die zu Präsident Kennedys Ermordung führen.

Kiepenheuer & Witsch

John le Carré
Der heimliche Gefährte
Roman

Titel der Originalausgabe:
The Secret Pilgrim
Aus dem Englischen
von Werner Schmitz
Leinen

Die Berliner Mauer ist gefallen, der Eiserne Vorhang zerrissen. John le Carré nutzt diesen Wendepunkt der Weltgeschichte, um mit dem Wissen und den Erkenntnissen von heute aus der Welt der Spionage während des Kalten Krieges zu erzählen. Er erzählt die Geschichte von ungewöhnlichen Leuten, eine Geschichte aus den letzten dreißig Jahren. John le Carrés Roman ist ein faszinierendes Kaleidoskop jener Zeit.